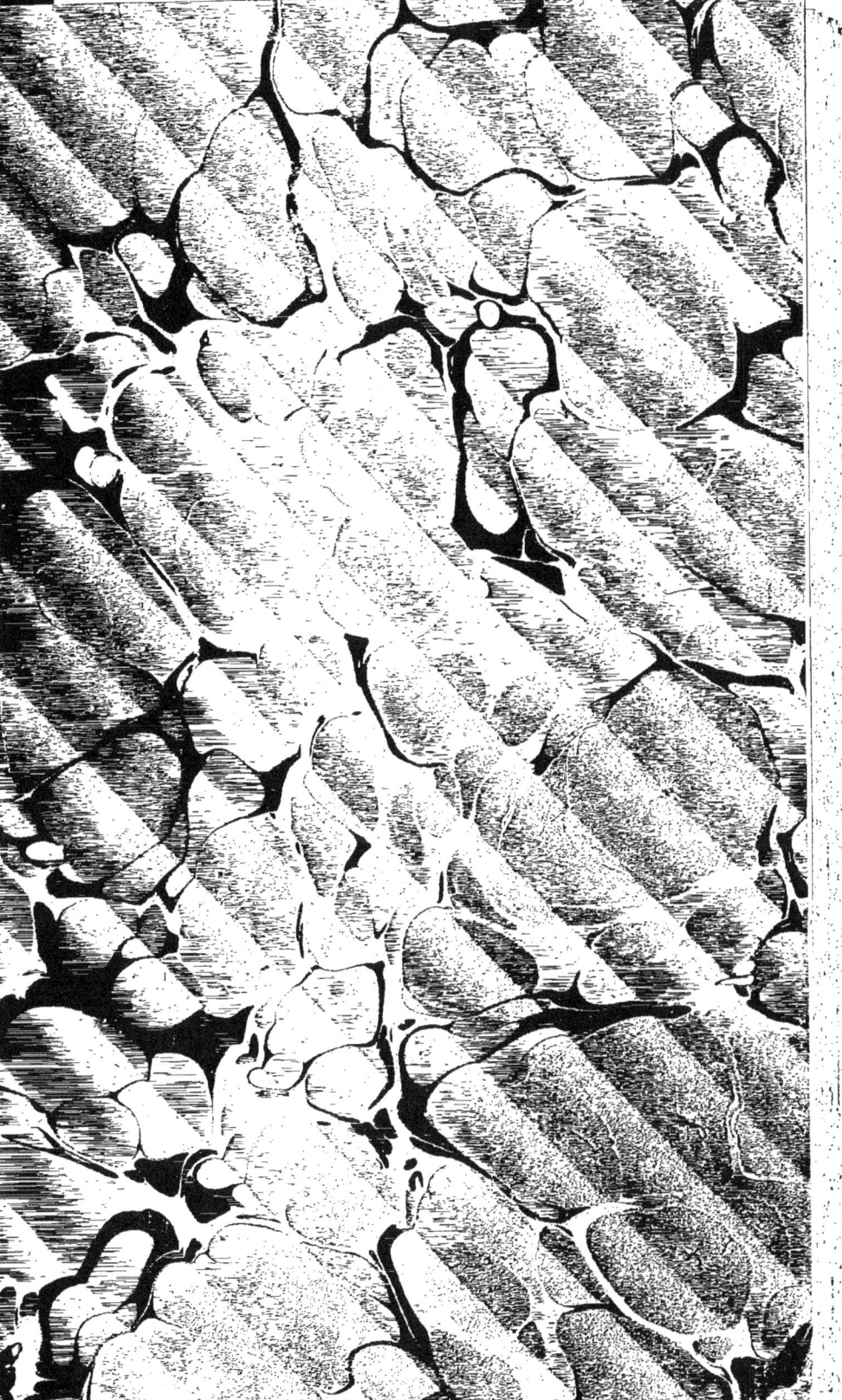

MAURICE

NOS
AMÉRICAINS

ÉPISODES DE LA GUERRE DE SÉCESSION

PAR

Mme LOUISE DE BELLAIGUE

NÉE DE BEAUCHESNE

SOCIÉTÉ GÉNÉRALE DE LIBRAIRIE CATHOLIQUE

PARIS
VICTOR PALMÉ, DIRECTEUR GÉNÉRAL
76, rue des Saints-Pères, 76

BRUXELLES
J. ALBANEL, DIRECT. DE LA SUCCURS.
12, rue des Paroissiens, 12

GENÈVE
HENRI TREMBLEY, LIBRAIRE-ÉDITEUR
4, rue Corraterie, 4

1882

NOS AMÉRICAINS

ÉPISODES DE LA GUERRE DE SÉCESSION

PARIS. — E. DE SOYE ET FILS, IMPRIMEURS, 5, PLACE DU PANTHÉON.

NOS AMÉRICAINS

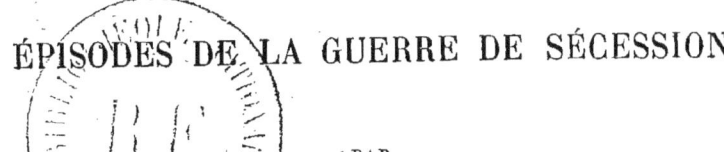

ÉPISODES DE LA GUERRE DE SÉCESSION

PAR

MME LOUISE DE BELLAIGUE

NÉE DE BEAUCHESNE

SOCIÉTÉ GÉNÉRALE DE LIBRAIRIE CATHOLIQUE

PARIS	BRUXELLES
VICTOR PALMÉ, DIRECTEUR GÉNÉRAL	J. ALBANEL, DIRECT. DE LA SUCCURS.
76, rue des Saints-Pères, 76	12, rue des Paroissiens, 12

GENÈVE

HENRI TREMBLEY, LIBRAIRE-ÉDITEUR

4, rue Corraterie, 4

1882

A MON CHER BEAU-FRÈRE

ALEXANDRE DE BELLAIGUE

CONSUL GÉNÉRAL ET CHARGÉ D'AFFAIRES DE FRANCE

———— ~∞~ ————

Ces lignes que j'écris pour mes fils et ma fille, je les
dédie à votre amitié. Inspirées par les récits de vos voyages
dont vous charmiez nos bons et beaux jours de réunion
de famille, elles ne sauraient paraître sous des auspices plus
favorables que ceux du cher enfant qui, depuis quelques
jours, sourit à votre foyer. Mon but sera atteint si, elles
vous redisent toute l'affection que chacun de nous vous
conserve ainsi qu'à notre sœur aimée, et si, plus tard, en
tournant les feuillets de ce livre, nos enfants, peuvent
y puiser un nouvel amour des grands devoirs qu'ils ont à
remplir envers Dieu, envers la famille et envers la patrie.

L.

Meaux, ce 1ᵉʳ janvier 1882.

PREMIÈRE PARTIE

NOS AMÉRICAINS

ÉPISODES DE LA GUERRE DE SÉCESSION

———————→≫≫✕≪←———————

PREMIÈRE PARTIE

I

Par une chaude journée d'août, les promeneurs qui circulaient au milieu de ces gracieuses villas échelonnées sur les coteaux de Montmorency, et à demi perdues sous les bosquets, remarquaient un chalet de confortable apparence et surtout admirablement situé. Des fenêtres, des jardins et aussi de la terrasse, qu'une retombée de la toiture couvrait d'ombre, on pouvait apercevoir la vallée tout animée de cultures, toute réjouie de luxuriantes luzernes et d'arbres chargés de fruits. Puis, dans le lointain, apparaissait la grande ville ensoleillée !

Mais l'œil curieux du passant était plus particulièrement attiré sur le petit groupe qui occupait la terrasse de cette habitation.

Enfoncée dans un grand fauteuil, dont le velours cramoisi faisait ressortir la blancheur de son front maladif et doux, une femme, jeune encore, écoutait, dans l'attitude fixe et résignée des personnes qui ont beaucoup souffert, la conversation de l'étrange compagne agenouillée près d'elle.

C'était une négresse, dont la tête noire et luisante se détachait comme un marbre poli sur l'étoffe mate des vêtements de deuil de sa maîtresse. Cet être dépaysé, d'aspect un peu repoussant pour nos fiertés d'hommes blancs, eût été vengé en ce moment de l'injuste verdict qui ridiculise sa race, si l'on avait pu lire dans son regard la fidélité, le dévouement, l'angoisse des peines partagées.

Il y avait, dans cette servante accroupie aux pieds de celle dont elle s'efforçait de consoler la vie (qu'on m'en pardonne la comparaison), quelque chose de l'instinctive et vigilante tendresse du chien, avec toutes les délicatesses intelligentes de la tendresse humaine.

— Maîtresse, pas pleurer... disait la bonne Flavia, en tournant, vers le visage pâle et encore si beau de la jeune femme, ses grands yeux caressants. Maîtresse, pas pleurer... pensez à M. de la Jarnage... du ciel, s'il voyait vous pleurer... maîtresse, courage... puis joie !... joie !... enfants vont venir !

Un rayon de bonheur illumina le front de la malade.

Oui, ils allaient venir ; elle sentirait leurs chaudes caresses ranimer sa vie épuisée. Elle touchait à la fin du grand sacrifice qu'elle avait cru devoir faire à la mémoire de son mari et au désir, si souvent exprimé par lui, de voir donner une éducation plus complète à ses enfants dans les meilleures institutions

de France. Ces jours de séparation qui, dans
sa vie brisée, marquaient une longue abstinence de bonheur, allaient cesser. Désormais
elle les posséderait tout à fait à elle.

— Oui, tout à fait, maîtresse, répétait
Flavia, et ils sont si bons, si beaux!... maî-
tresse vivre longue vie pour Georges et
Madeleine.

— Oh! oui, longue vie, dit avec un regard
d'incrédulité la pauvre mère. Ce devrait
être...

Elle allait retomber dans quelque pressentiment douloureux, lorsque le bruit d'une
voiture arriva de l'avenue voisine. La grille
s'ouvrit bruyamment : Georges et Madeleine
étaient dans ses bras, l'entourant de caresses,
de baisers et de bonheur.

Flavia s'était doucement retirée, non
sans avoir embrassé ces deux beaux enfants
qu'elle avait nourris de son lait.

Discret témoin de cette scène attendrissante, le frère de Mme de la Jarnage, le bon
oncle Charles, qui venait de ramener Georges
et Madeleine à leur mère, se tenait un peu

à l'écart. Il goûtait cependant une joie profonde. Ce retour était pour lui comme le
retour de l'espérance, Mme de la Jarnage
allait revivre. Il le croyait du moins.

II

Unie fort jeune à un mari qu'elle adorait, Mme de la Jarnage était devenue veuve au bout d'une dizaine d'années. C'était une existence brisée. Le souvenir du bonheur intime dans lequel elle s'était plongée avec délice jusqu'au moment de la cruelle séparation, faisait encore battre son cœur, mais pour le déchirer. Du jour où M. de la Jarnage mourut, sa femme commença à mourir à son tour.

D'une grande famille de l'Amérique du Sud, Mme de la Jarnage était née à Paris, où le malheur avait commencé à l'atteindre. Elle avait à peine deux ans et son frère Charles, quatre, lorsqu'elle y perdit sa mère.

Leur père, le comte de Pilter, s'était hâté

de quitter le pays, témoin de son deuil, et
de retourner en Amérique, dans l'impor-
tante propriété de *Summer-Cottage*, qu'il
possédait près de Charleston. Lui-même y
mourut peu après, enlevé par une courte
maladie, et laissant le soin de sa jeune fille
et de son fils à une aïeule paternelle.

Prodigue de sa tendresse, mais aussi
habile que vigilante, la grand'mère en s'oc-
cupant de l'éducation de ses petits-enfants,
ne négligea point leur fortune. Cette fortune,
considérable déjà, s'accrut encore sous sa
gestion, et, à sa mort, on reconnut avec
quelle intelligence cette femme, guidée par
son cœur, avait triomphé des difficultés
d'affaires.

Si *Summer-Cottage* n'avait pas abrité le
berceau des jeunes de Pilter, il était rempli
des souvenirs de leur adolescence. C'était là
aussi que M. de la Jarnage était venu un
jour, attiré par les grâces de la jeune orpheline et par l'intérêt de son malheur.

C'était là qu'il l'avait épousée à dix-sept
ans.

De grandes qualités chez l'un et chez l'autre, une belle fortune, une situation éminente dans la haute société américaine, puis la naissance de Georges et de Madeleine, avaient au début entouré cette union de sourires et d'espérances.

Et quels sourires et quelles espérances faisait naître la vue de Georges et de Madeleine lorsque leurs fronts charmants s'épanouissaient sous les tendresses paternelles et maternelles!

Ils ont grandi, ils ont souffert, mais ce sont toujours les mêmes grâces. L'épreuve qui a brisé la mère, n'a fait qu'imprimer sur la physionomie des enfants un reflet de maturité. Dieu ne semble avoir donné à la jeunesse tant d'exubérance de vie que pour alléger nos douleurs.

Que serait l'humanité sans la joie et le sourire de l'enfance?

Georges et Madeleine étaient jumeaux; mais, par un caprice de la nature, elle était brune, il était blond. Malgré cette profonde dissemblance du teint, des cheveux et des

1.

yeux, on retrouvait en eux les mêmes traits, la même distinction, la même vive étincelle de l'intelligence dans le regard.

Nés, dans la Caroline du Sud, d'un père créole et d'une mère qui, tout en étant Française et Parisienne, comptait parmi ses ancêtres bon nombre de créoles aussi, Georges et Madeleine avaient ce langage et ces allures qui dénotent une origine étrangère. Mais si Madeleine avait la démarche langoureuse de la fille d'Amérique, son œil pétillant, l'impétuosité de son caractère et de ses réparties, faisaient avec son attitude un contraste singulier. Lorsqu'elle vous écoutait, on aurait pu la croire plutôt sous l'empire du sommeil que sous celui de l'attention; tout à coup, elle relevait la tête, et ses réponses vives et spontanées, jetées peut-être un peu trop à l'étourdi, avaient toujours le trait qui impressionne. Elle avait une imagination puissante, l'instinct des belles choses, l'aptitude aux délicates jouissances de l'esprit.

Georges n'avait rien du langage caressant et prime-sautier de sa sœur. Tout annonçait chez lui la réflexion et la mesure. Il tenait de l'habitude du travail, que tout enfant il aimait passionnément, la précision et la vigueur de la pensée. Sa parole brève et ferme allait droit au but. En lui, se préparait un homme d'action ; mais, par une opposition frappante, il alliait à cette mâle nature une sensibilité toute féminine. Impressionnable à l'excès, on l'avait surpris maintes fois quittant le salon de sa mère, et allant cacher des pleurs que lui arrachait un récit émouvant.

Etait-ce une faiblesse innée, irresponsable, chez ce jeune homme qui ne se départit jamais plus tard d'une ligne de conduite vaillante ? Je ne sais, mais certainement Madeleine, sous son apparente mollesse, avait plus de ressorts énergiques au fond de l'âme que Georges. On eût dit qu'élevés dans le même berceau, ils y avaient mêlé et comme échangé les qualités de leur sexe.

Tels étaient Georges et Madeleine, dans tout l'épanouissement de l'adolescence, au moment où nous les retrouvons en France, auprès de leur mère veuve et désolée. Mais même à cette époque de sa vie où, heureuse épouse et heureuse mère, Mme de la Jarnage voyait jouer autour d'elle ses deux charmants enfants sous les ombrages de *Summer-Cottage*, et se développer leurs qualités sérieuses à travers les grâces mutines du premier âge, un côté sombre attristait son bonheur.

A trois ans, Charles de Pilter, son frère, avait fait une chute terrible, et, chose étrange, il était devenu sourd et muet sur le coup. Le cœur sensible de Mme de la Jarnage demeura toujours plus affecté de l'infirmité de son frère qu'il n'en paraissait ému lui-même.

Ami tendrement aimé et aimable, Charles était l'abnégation personnifiée. Il ne vivait que pour les siens. Son esprit s'ingéniait en services à rendre, en consolations à donner. Semblable à l'enfant qui sait penser, qui sait aimer, mais qui ne peut vous le dire que par un baiser, il avait une tendresse généreusement expansive. De tous les adoucissements qu'il pouvait trouver

à son malheur, le seul efficace avait été
de s'appuyer sur le cœur aimant de sa sœur.
Mais, quand l'heure des tristesses eut sonné
pour Mme de la Jarnage, quand la tombe
s'ouvrit pour engloutir, aux yeux de cette
jeune femme de vingt-sept ans, l'époux
qu'elle chérissait, Charles trouva dans les
trésors de son affection le secret d'intervertir
les rôles : il devint à son tour pour sa sœur
l'ami fidèle, le compagnon dévoué, le consolateur.

Infirme comme il l'était, la mission qu'il
se donna alors put paraître de prime abord
bien difficile à remplir ; mais les yeux du
frère et de la sœur se comprenaient, se
devinaient! Ils avaient des secrets d'expression qui échappent même au langage, et
doucement leurs pensées se fondaient, leurs
peines se partageaient. Charles avait d'ailleurs découvert un moyen infaillible d'agir
sur l'esprit de sa sœur et d'aller droit à
son cœur. Commensal des jeunes époux
à *Summer-Cottage*, il s'était peu à peu
initié aux idées et aux sentiments de M. de

la Jarnage, et, maintenant qu'il n'était plus, c'était lui, toujours lui qu'il évoquait près de la triste veuve.

Sachant à quel point cet homme, d'une véritable supériorité et ami de l'étude, avait désiré que Madeleine et Georges reçussent l'éducation chrétienne et soignée qui ne se donne nulle part aussi bien qu'en France, il avait engagé sa sœur à venir au moins pour quelque temps à Paris.

La première année de séjour dans cette ville n'avait pas été favorable à la santé de madame de la Jarnage. Aussi avait-elle dû, au dernier printemps, malgré son désir de rester plus près de ses enfants, plus à portée de les voir, céder à l'avis des médecins, et s'installer avec son frère à Montmorency, dans cette villa où Georges et Madeleine viennent de la rejoindre.

III

Les mois d'août et de septembre, si beaux sous nos climats, et dont les chaleurs ne pouvaient qu'apporter du bien-être à une malade, s'écoulèrent heureusement. Ce n'est point que l'on organisât beaucoup de fêtes et de parties. Mme de la Jarnage n'aurait pu y prendre part, et ses enfants l'entouraient d'une trop touchante affection pour la quitter après une année d'absence. Mais l'esprit enjoué de Madeleine avait mille moyens inventifs de récréation, sa gaieté remplissait la demeure et s'y répandait comme les doux rayons du soleil. Plusieurs fois, d'ailleurs, la journée s'annonça si belle, si pure et si chaude, que le médecin permit à Mme de la Jarnage une promenade en voiture, et l'on devine avec quel bonheur Georges et Madeleine accompagnaient leur mère.

C'est dans une de ces excursions. au milieu des campagnes environnantes, que Mme de la Jarnage et les jeunes gens éprouvèrent une singulière émotion. Dans le pli d'une des gracieuses vallées du bassin de la Seine qu'ils parcouraient, ils découvrirent un parc et une habitation qui leur rappelèrent *Summer-Cottage*, au point de faire jaillir les larmes des yeux de Mme de la Jarnage. Elle désira s'y arrêter, descendre de la voiture et jouir de ce coup d'œil inattendu qui lui rendait vivants tant de chers souvenirs.

Deux jeunes enfants, le frère et la sœur, du même âge que Georges et Madeleine lors de leur dernier séjour à *Summer-Cottage*, jouaient sous un gros orme, tandis qu'un vieillard, leur aïeul sans doute, paraissait tout rajeuni de leurs sourires. Le vieillard remarqua la curiosité émue peinte sur les fronts de toute la famille arrêtée devant sa demeure, et que la discrétion retenait sur le seuil. Il vint vers Mme de la Jarnage, et, instruit du sujet de son émotion, il lui offrit le bras. Il voulut lui faire les honneurs de son parc et de son habitation.

Au demi-récit involontaire que Mme de la Jarnage lui fit de son histoire, le vieillard ne répondit que par des soupirs. Une amère angoisse planait sur le beau front de cet homme, et donnait un caractère plus touchant à sa tête entièrement blanche. Mme de la Jarnage, malgré cette fraternité profonde que nous crée la douleur, n'osa pénétrer les secrets de l'inconnu. Elle se retira avec sa famille, sans que les circonstances lui eussent permis de connaître son nom.

— Quelle douce enfant, dit Georges, que cette petite mignonne qui tendit si gracieusement son front à nos baisers! Elle a un charme de physionomie et une profondeur de regard qui émeut.

— Pauvre petite, reprit Mme de la Jarnage, elle a appris à lire dans l'œil triste et résigné de son grand-père. La sœur et le frère sont orphelins, comme vous, mes chers enfants; une grande douleur a frappé leur enfance.

Le retour fut silencieux. La gaieté de Madeleine restait suspendue par cette dernière réflexion de sa chère mère, qu'un réveil inattendu de tant de souvenirs avait surexcitée un instant, mais laissait brisée.

La promenade dans le parc du vieillard s'était un peu trop prolongée, et le vent léger et frais qui caressait les fronts brûlants des enfants, fit frissonner Mme de la Jarnage.

Au retour, elle se sentit moins bien.

Depuis lors, la santé si chancelante de leur mère ne fit qu'inquiéter de plus en plus Georges et Madeleine. Elle-même, malgré ses efforts pour ne pas alarmer ses enfants, revenait sans cesse vers son passé le plus douloureux, et quand elle se retrouvait seule avec Flavia, n'ayant plus à dissimuler, elle s'entretenait longuement de son cher mari; elle en parlait comme si elle eût eu le sentiment que bientôt elle allait le revoir. Flavia combattait, comme toujours, ces tristes impressions de sa maîtresse, mais, plus que jamais, elle sentait l'impuissance des arguments mille fois répétés de sa tendresse.

Dieu nous met ainsi au cœur des pressentiments qui ne trompent pas les âmes réfléchies et pures. Mme de la Jarnage vit et prédit sa fin, mais elle se tut. Elle attendit. La résignation est la dernière force des natures brisées, la pauvre mère parut mieux à ses enfants. Les derniers rayons de l'automne éclairèrent encore de joyeuses journées le chalet de Montmorency.

Georges se préoccupait sérieusement d'organiser sa vie d'étudiant. Patriote dans l'âme, il reverrait sa chère Amérique, et il entrevoyait dans ses rêves le jour où il pourrait rentrer à *Summer-Cottage;* mais il avait résolu de s'initier aux lois françaises. Cette étude lui fournirait plus tard les notions les plus précieuses, s'il était appelé à remplir dans son pays quelque situation politique. Il faisait presque chaque jour le voyage de Montmorency à Paris, pour suivre les cours, et même, accompagné de l'oncle Charles, il y couchait quelquefois. Il pouvait ainsi se mêler à la société parisienne, où le souvenir de son grand-père, M. le comte de Pilter, lui ménageait un précieux accueil.

La vie de société est comme le complément nécessaire à toute éducation. Aussi Mme de la Jarnage se résignait-elle à sacrifier quelques heures de la joie, hélas! comptée pour elle, de posséder son fils.

Pendant une de ces courtes absences, le billet suivant vint bouleverser Georges.

« Mon bon frère, notre chère maman ne va pas bien, je la trouve si pâle, si pâle aujourd'hui! Elle n'a presque pas dormi cette nuit, elle n'a rien voulu prendre, et elle me paraît plus cruellement triste. Conçois-tu cela, maman plus triste encore! Ainsi ce matin, en me regardant, elle a pleuré, et a demandé si tu n'allais pas arriver, tu n'es parti que depuis hier, et elle trouve que c'est long! Je t'écris bien vite, persuadée que si tu peux revenir. . . . .

        . . . .

« Prie avec moi, mon bon frère, et reviens le plus tôt possible m'aider à soigner celle pour laquelle nous donnerions cent fois notre vie tous les deux.

« MADELEINE. »

IV

MM. de Pilter et de la Jarnage arrivèrent
le soir même. Ils ne purent s'empêcher
d'être effrayés du changement survenu dans
les traits de Mme de la Jarnage. Ils trouvèrent
Madeleine encore tout épouvantée d'un long
évanouissement qu'avait subi sa mère. Flavia
qui se tenait cachée derrière la porte de la
chambre de sa maîtresse, cherchait à rencontrer le regard de M. de Pilter. Tous deux,
dans un coup d'œil, se communiquèrent
leurs mutuelles appréhensions.

La lettre suivante, écrite par Madeleine à
la supérieure de la Visitation, quinze jours
après ces événements, rendra mieux compte,
que nous ne saurions le faire, du fatal dé-
nouement qui les suivit.

« Ma Révérende Mère,

« Georges et moi, nous sommes orphelins ! C'est dans la chambre même d'où l'âme
de ma tendre mère s'est envolée pour le ciel,
que je vous trace ces lignes. En revoyant
par la pensée ce visage calme, ces lèvres
souriantes d'espérance au contact du cru-
cifix, je me demande ce que Dieu veut de
nous, en nous laissant sur la terre aux prises
avec la douleur. Je ne sais plus vivre, ni
pourquoi vivre... mon cœur bat, ma main
tremble... et je me demande si je ne suis pas
sous l'empire d'un affreux rêve... Et tout
est vrai !

« Il y a quinze jours nous étions près
d'elle. Ses baisers devinrent plus tendres, sa
voix plus émue. J'entends encore les conseils que ses lèvres murmuraient au milieu
de nos sanglots, conseils dont chaque parole transperçait nos cœurs.

« — Mes enfants, je pars... je le sens...
« je m'en vais à Dieu... Je vais retrouver près
« de Lui votre bon père. Ah ! votre tendresse

« m'était bien douce ! c'est pour vous, pour
« vous seuls, que j'avais trouvé le courage
« de prolonger ma vie brisée !... Dieu m'a
« soutenue ; qu'il soit votre force comme il
« a été l'appui de la veuve et de la mère !
« Reportez sur votre oncle toute votre affec-
« tion et vos soins. Adoucissez la cruelle
« épreuve qui pèse sur sa vie. Il sera votre
« meilleur conseil, vous retrouverez toute
« votre mère dans l'âme de son frère... »

« Puis se tournant vers notre nourrice qui
gémissait à ses pieds :

« — Bonne et dévouée Flavia, cœur si
« doux à mon malheur, prends courage.
« Mes enfants t'aimeront comme je t'ai
« aimée. Ils te garderont toujours à leur
« foyer. S'ils sont malades, tu les soigneras
« en souvenir de moi. L'heure de l'émanci-
« pation n'est pas encore venue, mais tu es
« libre... Ton tendre dévouement est le
« seul lien qui t'attache désormais à nous
« tous.

« Aimez-la bien, mes chers amis. Dieu
« vous récompensera si vous répondez à sa

2

« fidélité par une affectueuse reconnaissance.
« Qui sait? Flavia peut être votre providence
« un jour!

　« Gardez un pieux souvenir de notre
« patrie; c'était le pays de votre père, j'y
« fus longtemps heureuse! J'espère que vous
« y retournerez quelque jour, vous y avez
« encore des parents, des amis; leur affec-
« tion vous sera un soutien; conservez toute
« votre amitié à ceux qui vous ont aimés! »

　« Une petite toux sèche empêchait souvent
« les mots d'arriver aux lèvres de ma mère;
« mais, comme le voyageur que les flots vont
« emporter, elle se hâtait de jeter, aux êtres
« chéris qui l'entouraient sur le rivage, les
« derniers adieux!

　« — Oh! non, mère, nous ne les oublierons
« pas, ces paroles parties de ton cœur.

　« — Enfants, là-haut, là-haut, votre père
« et moi nous vous protégerons. Toujours
« la main dans la main, que votre tendresse
« réciproque vous remplace à tous deux les
« affections qui vous manquent!... Pauvres
« enfants! »

« Et ses yeux se fixaient sur nous avec amour. Puis, sa main, son regard, allant de son frère à nous, et de nous à son frère, il y eut entre ma mère et mon oncle un langage muet que je n'oublierai jamais. Leurs âmes s'entendaient et se fondaient dans un sentiment unique. Et quand l'oncle Charles nous eut pris dans ses bras et embrassés avec effusion, ma pauvre mère mourante eut pour lui un sourire ineffable qui rappelait le plus beau de nos jours! Tous les trois nous nous précipitâmes à genoux, et là, embrassant ses mains, nous cherchions dans la tendresse de son regard le courage qui nous échappait. Nos respirations restaient suspendues au souffle qui agitait sa poitrine et aux mouvements de son cœur qui se précipitaient. Notre bonne mère comprit, sans doute, que notre anxiété n'était pas vaine, car, soulevant sa main amaigrie, elle nous confondit dans une bénédiction.

« Quels moments, ma Révérende Mère! Dieu oubliait-il donc que ma mère était tout pour nous!

« Notre nourrice, depuis le commencement de cette scène déchirante, s'était accroupie au pied du lit. Elle avait jeté sur sa
tête son tablier de toile et sanglotait : l'ex-
pansion de sa douleur était aussi vive que
l'avait été son dévouement.

« Le curé de Montmorency, que nous
commençions à connaître et qui vénérait ma
mère, accourut la consoler à notre appel.
Tandis qu'il l'entretenait tout bas, la sérénité
du visage de ma mère nous témoignait de la
douceur et des forces que les paroles du
prêtre lui apportaient. Un grand silence se
fit, l'homme de Dieu lui-même n'osait plus
parler. Le front de ma mère pâlissait doucement, mais je n'eus plus la force de suivre
son regard qui se voilait. Je voulais crier
au secours, la voix me manqua...

« Il me sembla que je mourais avec ma
mère. Je ne voyais, je n'entendais plus
rien...

« Quand mes yeux se rouvrirent, j'étais
assise dans un grand fauteuil, tout près de
notre mère bien-aimée, la tête appuyée sur

son lit, les yeux tournés vers les siens qui, à demi fermés et voilés, étaient fixés sur le Christ qu'on avait placé sur sa poitrine.

« — Mère, tu dors, m'écriai-je, tu « dors?

« Et le prêtre, me prenant la main, me répondit :

« — Oui, mon enfant; mais voyez le ciel, « elle se réveille là-haut !

« Je ne compris pas. Il m'a fallu sentir le froid de ses doigts, le froid de son front, mettre la main sur son cœur et trouver qu'il ne battait plus; il m'a fallu voir Georges qui se livrait à toutes les marques du désespoir, sans que ma mère le calmât, voir Flavia embrasser avec amour les pieds de sa maîtresse qu'elle couvrit de ses pleurs, sans que ma mère la regardât avec bonté; il m'a fallu me sentir étreindre dans les bras de mon oncle, qui nous serra, Georges et moi, sur sa poitrine avec toute l'effusion d'un père, pour comprendre que la mort était entrée chez nous. Elle y est venue prendre ce que nous avions de meilleur ! Elle a emporté notre

2.

bonheur tout entier. Hélas! pourquoi nous a-t-elle laissés?...

« Ma Révérende Mère, je suis anéantie... Je ne croyais pas pouvoir vous dire tout cela ! .   .   .   .

« J'aurais voulu que la terre recouvrît mes cendres en même temps que les siennes!... Mais une force invisible me retenait; cette force, c'est le devoir prescrit par ma mère!... Georges, sans moi! Pauvre Georges, que deviendrais-tu?... Mon Dieu, soutenez-nous; donnez-nous la force d'être toujours dignes de Celle qui nous attend dans votre ciel! . . .

.   .   .   .

« Qu'aux pieds de la Mère des douleurs, mes chères compagnes n'oublient pas les pauvres orphelins, et que Dieu les préserve d'un malheur semblable au nôtre!

« Madeleine DE LA JARNAGE. »

V

La douleur voila de ses deuils et ensevelit
dans le silence le chalet de Montmorency.

Quatre ans après la lugubre journée d'automne où Mme de la Jarnage était morte, la
tristesse s'en prolongeait encore sur cet intérieur. Sa fragile existence n'en était-elle
pas l'âme?

Le lendemain du fatal jour, Madeleine
avait fermé son piano. Depuis bien peu de
temps, et seulement sur les instances de
Georges, elle commençait à le rouvrir quelquefois. Pour égayer les longues heures de
solitude de la chère malade, la jeune fille
avait étudié la musique avec une rare persé-
vérance, et maintenant que sa mère n'était
plus sur le grand fauteuil, tout près d'elle,

dirigeant et goûtant tout ensemble les moindres inflexions de son jeu, cette délicieuse
distraction était devenue pour elle une torture, un réveil cruel du passé. Le chant,
même ces mélodies qui semblent apporter à
nos souffrances de si calmantes douceurs,
lui brisaient l'âme. Avec sa nature ardente
et impressionnable, Madeleine éprouvait aux
vibrations musicales une commotion ner-
veuse, les larmes gagnaient ses yeux, et si
cette détente la soulageait un instant, elle en
avait pour plusieurs heures à dominer ensuite l'affaissement moral de tout son être. Il
lui fallait de violents efforts pour remonter le
chemin de sa tristesse. D'ailleurs, elle crai-
gnait toujours que la vue de ses larmes ne
troublât Georges et l'oncle Charles. Les qualités du cœur étaient développées chez elle
d'une façon captivante. Tendre pour les
siens, accessible à tous, elle se faisait aimer
de ceux qui l'approchaient, et le malheureux
qui prenait la route du chalet en revenait
toujours secouru et consolé. Elle s'épanouis-
sait au sein de cette maison dépeuplée par

la mort, et y ramenait parfois encore la joie
et l'espérance. Il y avait dans son âme
comme un trésor longuement amassé de tendresse, de dévouement et d'amour, qu'elle
déversait sur les êtres chers qui l'entouraient et qui ne vivaient que par elle.

Après les mille soins de détails absor-
bants qui incombent à la maîtresse de
maison anxieuse d'en remplir les obliga-
tions, Madeleine donnait tout son temps à
l'étude de la peinture. Ce travail calme, et
qui lui permettait de développer de mille
manières ses goûts d'artiste, l'avait séduite.
Elle s'y livrait avec d'autant plus de suite et
de plaisir qu'elle avait trouvé à sa portée un
excellent professeur, pour lequel instruire
Madeleine dans son art était un bonheur. Ce
professeur n'était autre que l'oncle Charles.
Doué d'un talent naturel et non sans origi-
nalité, M. de Pilter avait profité de ses longs
et fréquents séjours en France pour se fami-
liariser avec le génie de nos meilleurs maîtres, et aidé sans doute par cette opiniâtreté
d'un travail que nul bruit ne pouvait dis-

traire, il avait rapporté d'une longue contemplation du beau dans nos musées une réelle inspiration. Mais s'il éprouva jamais de douces fiertés d'artiste, ce fut bien moins en considérant les quelques portraits et paysages dont il avait orné *Summer-Cottage* et le chalet de Montmorency, qu'en voyant Madeleine atteindre sous sa direction à un très gracieux succès, et en pensant surtout aux adoucissements à sa douleur que la chère enfant trouverait dans cette récréation.

Ce goût de la peinture, commun à l'oncle et à la nièce, ajoutait un charme de plus à leurs rapports de tous les instants. Il donnait un but aux promenades de la belle saison et en multipliait les agréments. C'étaient de beaux jours que ceux où, partis de grand matin, ils allaient au loin, emportant le frugal repas de midi, esquisser une ferme ou les ruines de quelque vieux château.

Georges accompagnait quelquefois les artistes ; mais s'il emportait ses crayons, c'était pour travailler à quelque question de droit, dont le recueillement de la campagne

et le silence des bois facilitaient la solution.
Il poursuivait, en effet, avec ardeur ses
études de droit; il avait suivi les cours de
la licence et ne reculait point devant les
épreuves du doctorat. Sa vive intelligence
et son zèle pour cette science ardue, com-
plexe et délicate, ne tardèrent pas à le désigner à l'intérêt des plus éminents professeurs de l'École de Paris.

Comment n'eussent-ils pas pris garde à ce
jeune étranger, jaloux de posséder, pour en
reporter la lumière à son pays, les secrets de
nos législations? Quelques-uns d'entre eux
se souvenaient aussi d'avoir vu le grand-père
de Georges, M. de Pilter, venir écouter leurs
leçons, alors que, trop âgé pour être leur
élève, il était fier d'être au moins leur audi-
teur. Georges de la Jarnage avait donc aisément conquis leurs sympathies, en même
temps que ses succès lui avaient valu leurs
éloges. Quand, frappé dans sa plus chère
affection, il chercha courageusement dans la
reprise de ses études le seul adoucissement
possible à son mal, il reçut de ces mêmes

hommes des témoignages touchants, et, plus tard, quand la première vivacité de sa douleur fut apaisée, quand il accepta quelques distractions, leur porte hospitalière s'ouvrit au jeune Américain. La sérénité de sa nature et le souvenir de son malheur l'avaient prédisposé à jouir de leur intimité un peu grave. Il arriva donc bien souvent que Georges ne prit pas seulement le chemin de l'École de de droit pour l'heure des cours, mais pour y retrouver, près du foyer et dans l'abandon de la famille, le professeur devenu un ami.

C'est là que, guidé par les sages réflexions de l'expérience, il apprenait à apprécier la France.

Il entendait aussi juger les hommes et les faits politiques.

L'écho de ces salons de l'École de droit qu'il reportait au chalet de Montmorency, était presque le seul bruit de l'extérieur qui y parvînt. L'étude et la tendresse mutuelle y étendaient leurs douces influences et, sous l'œil de Dieu, remplissaient la vie.

Dieu permit qu'elle s'adoucît pour les

orphelins. Le temps, le travail et la prière
leur versaient leurs baumes, et parfois les
éclats de gaieté d'autrefois retentissaient
encore dans le chalet.

Un soir d'hiver, Georges et Madeleine
devisaient dans le salon sur le moyen de
fêter de leur mieux l'anniversaire de la fête
de Flavia qui approchait. L'oncle, que l'on
consultait à l'aide d'une tablette, écrivit sur
l'ardoise :

« — Très chère, faites-lui son portrait. »

Des gestes exclamatifs et joyeux indi-
quèrent à l'oncle à quel point l'idée était
goûtée des deux jeunes gens.

Dès le lendemain, Madeleine esquissa les
traits de sa nourrice. Quelle joie à mesure
qu'elle atteignait la ressemblance! L'oncle
et Georges, qui l'entouraient, tantôt ap-
prouvaient, tantôt critiquaient, riaient et
applaudissaient aux coups de pinceaux qui
rendaient d'une façon expressive la bonne
vieille figure de leur servante.

Le fameux jour arriva. Le portrait, encadré dans une large baguette d'or à facettes,

fut placé au milieu de l'atelier, sur le chevalet. La négresse y était splendide. Ses
cheveux noirs jaillissaient en bandeaux abondants et crépus de dessous un madras à
raies rouges et jaunes, dont les bouts étaient
arrangés avec toute la symétrie que Flavia
mettait à se coiffer dans les grands jours.
Ses bons yeux noirs étincelaient de vie. Le
nez était large et épaté. Le plus beau de ses
sourires s'épanouissaient sur ses grosses lèvres et faisait apparaître deux rangées d'admirables dents blanches. Une collerette de
mousseline encadrait son cou et faisait ressortir le noir luisant de cette étrange figure,
dont un nœud de cravate rouge cerise para-
chevait le grotesque ornement. Une robe de
soie noire, à l'européenne, produisait un
phénoménal effet sur la taille volumineuse
de Flavia.

Ses gros bras aux minces attaches, qui
distinguent les femmes de sa race, s'éta-
laient gauchement, tandis que sa main
grasse et petite serrait avec amour un portrait en médaillon de Mme de la Jarnage.

Les enfants placèrent un pot de fleurs de chaque côté du chevalet, et le moment vint de chercher Flavia.

Quand elle arriva, Georges ouvrit la porte de l'atelier à deux battants. En apercevant son portrait, les bras lui tombèrent, elle resta les yeux fixes et la bouche béante. Après le premier moment de surprise, frappée de la ressemblance, la pauvre créature cacha sa tête dans ses mains et s'écria :

— Oh! moi laide, mon Dieu! moi laide, mais moi contente, car c'est moi.

Puis, relevant la tête, dans un élan d'affection et de reconnaissance, elle prit la main de M. de Pilter qu'elle baisa, et attirant Madeleine et Georges, elle les embrassa.

— Comme êtes bons, pour Flavia, monsieur de Pilter..., enfants... vous pensez fête à moi... vous fêtez si joli...

Et s'approchant du portrait :

— Oh! Flavia contente, bien contente... Flavia a portrait maîtresse...

Et elle colla ses grosses lèvres sur le petit médaillon.

Mais Flavia n'était pas au bout des surprises. Il lui fallut, pour rendre plus complète la ressemblance du portrait, aller revêtir une robe de soie noire, donnée par l'oncle Charles, et le beau madras de l'Inde, la collerette et le ruban cerise qui figuraient également sur la toile et qui était un don de Georges. Ainsi parée, elle fut obligée, vu la circonstance, de prendre place à table et de figurer le soir au salon. Madeleine, toujours en son honneur, se mit au piano, et, après quelques préludes insignifiants, tout à coup, elle joua et chanta une berceuse américaine, avec laquelle la vieille *nei-neine* (1) endormait les enfants dans leur jeune âge. L'instrument palpitait sous les doigts de la jeune fille. La négresse n'y tint plus et sa voix sonore, qu'elle cherchait en vain à adoucir, finit par accompagner, puis par dépasser la voix fraîche et argentine de Madeleine. Bien plus, entraînée par ce chant, elle prit un coussin du sofa, et, arpentant le

(1) Nom donné par les enfants à leurs nourrices aux colonies. Il répond à celui de *Nounou*, en France.

salon, elle le berçait dans ses bras tout
comme jadis elle berçait les enfants. Des
pleurs coulaient de ses yeux ; sa voix, qui devint chevrotante, témoigna de son attendris-
sement ; et quand Madeleine s'arrêta, Flavia,
qui n'avait de longtemps fait semblable exercice tomba épuisée sur une chaise, vaincue
par la fatigue et l'émotion.

Georges, sa sœur et l'oncle, furent fort
impressionnés par cette petite scène. Elle
aurait pu leur apprendre, s'ils ne l'eussent
su déjà, combien le souvenir du passé était
toujours présent et vif pour la négresse.

Quand elle revint à elle, tournant ses
bons yeux vers ses maîtres :

— Oh! pardon, Flavia avait cru maîtresse
encore là, chanter avec Flavia, pour dormir
les petits. — Et, cette fois, elle sanglota tout
à fait.

Cette journée, qui ne fut pas exempte de
retours cruels, jeta cependant quelques reflets de joie sur cet intérieur paisible, où
s'aimer et se le prouver était l'objet de toutes
les pensées.

VI

Dans ses retours à Montmorency, Georges, parfois, avait amené un ou deux de ces aimables professeurs qui le recevaient à Paris. Ces derniers se plaisaient à répondre ainsi à l'affection de leur jeune ami, et à témoigner en même temps à quel rang d'estime et de considération ils plaçaient leur intelligent disciple. Les sentiments de ces visiteurs pour Georges les assuraient à l'avance, de la part de Mlle de la Jarnage et de M. de Pilter, d'une hospitalité aimable et de cet hommage tacite, plus précieux mille fois que l'éloge.

Mais, à part ces rares apparitions, peu de visites venaient au chalet. La vie toute de travail et d'affection qu'on y coulait, n'aurait pas laissé de place pour des indifférents.

A Montmorency, on ne s'était créé aucune relation en dehors de celles que les circonstances avaient produites, mais que la Providence pour cette famille éprouvée, il est vrai, avait semblé ménager.

Quelques privilégiés seulement avaient leurs entrées à toute heure au chalet et on les appelait « *nos amis* ».

Parmi eux se trouvait le docteur Breuil, qui avait soigné Mme de la Jarnage avec un dévouement si entendu et si sincère.

C'était un homme d'une franchise un peu brusque, mais un éclair de bonté illuminait son rude visage. Le pauvre, en passant, le saluait d'un air de connaissance, et, avec confiance, il l'appelait au chevet de sa famille. Ame généreuse et tendre, il souffrait des maux qu'il était appelé à soigner, et il n'est de dévouement, d'abnégation qu'il ne dépensât pour soulager en guérissant, et consoler quand il ne pouvait guérir.

Il portait gaillardement ses soixante ans. Son activité énergique n'en était en rien ralentie. Tout Montmorency et ses environs connaissaient cet homme de taille ayant dépassé la moyenne, à l'œil vif, scrutateur, au front proéminent, portant lunettes à cercles d'or, habit vert à boutons d'or, et marchant d'un pas ferme, sa canne sous son bras, dans la crainte qu'elle n'entravât sa marche en soulevant des cailloux, comme il répondait à ceux qui le plaisantaient sur ce point.

Son cabriolet et son cheval blanc étaient légendaires. On ne lui avait jamais vu d'autre voiture, depuis qu'il exerçait à Montmorency. Il fallait souvent la mener au carrossier, mais elle roulait : cela suffisait à son propriétaire. Il n'en était pas de même pour le cheval. Le vieux cabriolet avait vu bien des chevaux attelés à ses brancards. Il fallait un trotteur émérite pour courir chez un malade en danger : le malade ne devait pas subir les conséquences des années de la bête; aussi le docteur en changeait-il souvent. Mais toujours il le prenait blanc. Il voulait que de loin on reconnût son équipage.

3.

— Ceux qui souffrent aiment à savoir que le secours est proche, disait-il dans sa charitable philosophie.

M. Breuil faisait partie des habitués du chalet.

Souvent, fatigué de l'écrasante mission que son amour pour ses semblables l'avait entraîné à choisir, il venait se reposer près des aimables voisins qu'il affectionnait tout particulièrement.

Il apportait toujours au chalet l'entrain de sa nature vive et joviale. Un jour, Madeleine et Georges remarquèrent l'air de préoccupation répandu sur ses traits. Malgré tous leurs efforts, ils ne purent le dérider. Forcé dans ses derniers retranchements, le docteur finit par avouer qu'il était, en effet, très triste.

Il revenait d'une localité voisine avec les appréhensions les plus vives sur la situation d'une famille honorable qu'il aimait et qui venait d'être éprouvée de toutes manières.

— Cette famille se compose d'un oncle et de deux orphelins, frère et sœur, comme vous, dit-il à Georges et à Madeleine ; mais plus jeunes, ils n'ont que quatorze ans. Cet oncle remplit auprès des enfants de Trévanon le même rôle que M. de Pilter auprès de vous. C'est la même affection, le même dévouement paternel. Mais si M. de Trévanon n'a pas subi jusqu'ici dans sa santé d'épreuve comparable à celle de M. de Pilter, tout porte à croire, hélas ! que bientôt des infirmités plus graves viendront anéantir les efforts du vieillard. Une attaque vient de mettre ses jours en danger.

Je ne suis pas seulement préoccupé de l'issue de cette crise, ajoute le docteur, presque en même temps il est parvenu à M. de Trévanon une nouvelle inquiétante qui concerne la fortune de ses neveux.

Un banquier de Bordeaux a produit une réclamation en plusieurs billets datés du château de Brevannes (nom de la résidence des de Trévanon), s'élevant à 600,000 francs. Ces billets portent malheureusement la signature du père des enfants. L'état où se trouve M. de Trévanon, atteint dans son in-

telligence et dans sa mémoire, le rend incapable de faire face à cette situation, qui est
la ruine des enfants.

Je suis le seul confident de la nouvelle
épreuve de cette famille. Un certain homme
d'affaires du voisinage a été chargé d'examiner cette revendication, ou plutôt s'est
offert à l'examiner et à venir en aide aux
orphelins; mais je ne puis dissimuler que
cette intervention augmente encore mes inquiétudes. De là mes préoccupations et ma
tristesse, dit le bon docteur.

En se laissant aller à cette confidence,
M. Breuil espérait intéresser Georges au sort
des de Trévanon, et obtenir de lui, vu ses
relations avec les légistes et les avocats, quelques bons conseils, peut-être la marche à
suivre pour que les malheureux habitants de
Brevannes pussent échapper à un désastre.

Madeleine et Georges étaient fort émus de
tout ce qu'ils venaient d'entendre. Georges
assaillait le docteur d'une foule de questions
qui, par leur côté absolument légal, échappaient quelque peu à la science du médecin.

— Pour éclairer vos appréciations, il vaudrait mieux, répondait celui-ci, que vous poussiez le dévouement jusqu'à faire des recherches dans les papiers de la famille.

Et, devinant dans Georges les sentiments qu'il éprouvait lui-même, il ajoutait avec une touchante instance :

— Est-ce que vous refuseriez, mon cher enfant, de venir au moins voir cette famille, à laquelle je me suis attaché, je vous l'avoue, en raison même des points de ressemblance que je lui trouvais avec la vôtre? Les orphelins de Trévanon et les orphelins de la Jarnage sont parfois tellement confondus dans mon souvenir qu'en parlant des uns, je pense aux autres, et qu'il m'arrive de confondre leurs noms.

— Oh! pas tout à fait, cher docteur, dit Georges, moitié souriant, moitié pénétré. En tout cas, l'intérêt que vous prenez à cette famille suffit pour que je m'y intéresse à mon tour; puis l'affection que vous voulez bien nous porter me fait un devoir et un bonheur de ne vous rien refuser. Je serai demain à votre disposition, si vous voulez bien me conduire à Brevannes.

— Pourquoi demain ? Tout de suite, fit le docteur, ravi de sentir qu'il allait peut-être porter la lumière dans la sombre affaire qui l'occupait, et l'espoir dans le cœur de ses amis.

— Soit, tout de suite, répondit Georges, et, un moment après, il roulait avec le docteur dans le vieux cabriolet au cheval blanc.

VII

Georges questionnait le docteur sur la visite qu'ils allaient faire, sur les billets dont il lui avait parlé et ne s'apercevait pas de la route. Mais quel ne fut pas son étonnement lorsque, faisant tourner bride à sa bête, M. Breuil la dirigea droit à la grille d'un parc que le jeune homme reconnut aussitôt.

Cette porte s'était ouverte déjà devant lui. C'était la propriété qui avait tant ému sa mère. C'était *Summer-Cottage* en France. C'était là que sa mère était venue respirer l'air pour la dernière fois !

Les émotions de Mme de la Jarnage passèrent dans le cœur de son fils, il eut peine à retenir ses larmes. Il y a des souvenirs qui vous déchirent, mais auxquels on s'attache,

et la Villa du Rivage, comme Mme de la Jarnage et ses enfants avaient baptisé cette
habitation, fit repasser au cœur de l'orphelin
tant de sentiments poignants et de douces
pensées, que les battements de sa poitrine
se précipitèrent et entravèrent sa marche
lorsqu'il voulut mettre pied à terre. Le
docteur s'en aperçut.

— Qu'avez-vous? mon ami, lui dit-il.

— Ma mère est venue ici! Ce fut sa dernière sortie !

— Vous connaissez donc les de Trévanon ?

— Nous les avons vus une fois, répondit
Georges, mais j'ignorais leurs noms.

M. Breuil ne pouvait deviner qu'une partie
des impressions qui se succédaient dans le
cœur de Georges. Il le comprit cependant
et lui serra la main. L'émotion de son jeune
ami, en pénétrant dans cette propriété, lui fit
d'ailleurs concevoir un espoir nouveau, en
faveur de l'affaire pour laquelle il l'y avait
entraîné.

Ils gravirent les marches du perron, et,
après avoir traversé un salon où les vieilles

tapisseries, les vases étrusques, les coupes de Sèvres, les vieux bronzes, les meubles anciens et les meubles dorés plus modernes attestaient que toutes les époques avaient contribué à son confortable et à sa luxueuse ornementation, M. Breuil souleva une lourde portière en tapisserie, poussa une porte et introduisit Georges dans une grande pièce, dont l'aspect sévère indiquait de prime abord la destination.

C'était tout à la fois la grande salle de travail et de réunion de la famille et le cabinet de M. de Trévanon.

Sur deux côtés de cette pièce, d'immenses bibliothèques supportaient des livres symétriquement rangés, d'où le vieil oncle, avant son attaque, attirait à lui, sans fatigue et selon le courant de ses pensées, des compagnons graves ou distrayants.

Une immense cheminée, dont les enjolivements en pierre sculptée montaient jusqu'aux lambris, formait le troisième côté; en face, à l'autre extrémité, entourée d'un cadre aux arabesques d'or, brunies par le

temps et d'un travail ancien, se détachait
en traits fermes et lumineux la tête d'un
vieillard. Energique et doux, il semblait
présider au travail des générations qui
étaient venues successivement chercher l'inspiration dans cette calme enceinte. C'était
le portrait d'un grand aïeul des de Trévanon.
Des armes appendues de chaque côté indi-
quaient que ce chef de la famille avait
conquis l'honneur à son foyer, et à ses fils,
un nom glorieux, en apportant à son pays
le tribut du sang.

Des chaises, en bois sculpté, du style
d'Henri IV, et la longue table carrée, aux
pieds tors, de la même époque, complé-
taient l'ameublement.

Près de cette table, un vieillard était, en
ce moment, étendu dans un large fauteuil,
la tête appuyée sur des oreillers. Ecrasé et
comme ahuri, il rendit machinalement le
salut que lui firent le docteur et le jeune
homme; puis, son regard alla s'arrêter,
moitié inquiet, moitié interrogateur, sur
une jeune fille dont la jeunesse et la grâce

semblaient personnifier le présent avec toutes ses espérances, dans cette salle remplie de tous les souvenirs du temps passé.

La nature avait été prodigue de ses faveurs à l'égard de Cécile de Trévanon. Des traits fins, une taille élancée, un teint qui fait penser à la rose lorsqu'elle entr'ouvre ses pétales sous les premiers rayons de l'aurore, une chevelure blonde et soyeuse qui descend en longs anneaux sur les épaules, un front où se lisent à la fois l'intelligence et la douceur, un œil bleu plein de sérénité et de ce charme d'expression qui reflète les chastetés ineffables de l'âme : telle est l'apparition ravissante qui vint frapper les regards de Georges. Ajoutez à tant de grâces naturelles l'attrait que nous inspire la bonté associée à la beauté, et dites-vous qu'elle dut-être l'expression secrète du jeune homme en voyant cet ange consolateur, cette petite sœur de Charité, attentive aux moindres désirs du vieillard, et se prêtant à tout ce qui pouvait le soulager dans sa triste situation. L'impression de cette vision chez

Georges fut instantanée, mais profonde. Elle avait duré le temps d'en garder l'éternelle photographie dans le cœur. Le docteur l'en ayant détourné, en le présentant à M. de Trévanon, toute son attention se reporta dès lors vers le but de sa visite.

Une idée fixe semblait absorber le vieillard, dont la main tremblante et amaigrie retournait anxieusement des papiers d'affaires qui se trouvaient sur la table. Cécile les approchait, et lui en facilitait l'examen. Puis, se tournant du côté du docteur :

— Ce pauvre oncle ne fait plus que cela, il est si préoccupé !

A la prière du médecin et sur la douce invitation de Cécile, Georges prend ces papiers. Son œil examine avec attention ces feuilles éparses, il y cherche quelques éclaircissements à la situation que M. Breuil essaie de lui expliquer. Mais rien, dans ce qu'il voit, ne peut lui faire deviner l'énigme.

Le vieillard, au premier moment, parut surpris de cet examen attentif de l'étranger ;

mais il reprit un peu de calme en entendant M. Breuil lui dire :

— M. de la Jarnage est très au fait de ces sortes d'affaires, c'est la Providence qui nous l'envoie.

Un sourire maladif, mais bon, vint effleurer les lèvres du malade, et un signe de tête approbatif témoigna de la joie que lui causait cette révélation. Il sembla même que ces mots avaient fait vibrer les cordes endormies de son intelligence, car tendant la main vers Georges :

— Vous les sauverez, monsieur, dit-il vous les sauverez, n'est-ce pas?

Puis, en s'attachant sur Cécile, ses yeux atones se ralumèrent au feu du regard d'espoir et de tendresse qu'il fixait sur lui.

— Cécile... Roger... reprit le vieillard, mes pauvres enfants... l'ami de notre cher docteur ne laissera pas les méchants vous ruiner !...

Georges, attendri de cette confiance, saisit la main qui s'était tendue vers lui.

— Je ferai ce que je pourrai, monsieur,

mais je ne puis me prononcer encore dans une affaire que je ne connais point.

— Qu'on lui montre tout... tout ce qu'il voudra, exclama le vieillard.

Puis, après cet effort, sa belle tête blanche se renversa sur l'oreiller, ses yeux se fermèrent à demi, et un voile d'indifférence et d'oubli vint de nouveau obscurcir l'expression de sa physionomie.

Autorisé comme il vient de l'être par M. de Trévanon, et persuadé que d'autres papiers plus importants doivent se trouver dans la maison, Georges propose de revenir et d'en faire la recherche avec le médecin et les enfants.

VIII

Rentré à Montmorency, le frère de Madeleine lui raconte toutes les circonstances de cette visite qui l'a tant impressionné, le mystère qui plane sur la réclamation du banquier de Bordeaux ; il lui fait le tableau de ce vieillard si frappé, et dont le cœur est resté vivant au milieu de l'engourdissement cruel où l'a plongé la maladie. Il parle de la gentille Cécile ; mais, pour la première fois de sa vie, la chère confidente n'aura pas toutes les pensées de Georges. Non, il est un feuillet de ce souvenir qu'il ne livrera pas.

Il est un âge dans la vie où l'on devient égoïste à l'endroit de ses impressions. Craignant d'en rompre le charme en les livrant, on aime à en jouir dans la solitude de son cœur, comme un avare jouit solitairement de son trésor.

Georges était arrivé à cet âge.

Ce ne fut que, remonté seul dans sa chambre, et la porte bien fermée, comme s'il eût eu peur de laisser voir son trouble secret, qu'il osa se retracer à lui-même et repasser un à un, dans sa mémoire, les traits de Cécile, de la gracieuse créature qui venait de lui apparaître au château de Brevannes.

En vain s'efforça-t-il de réfléchir sur l'affaire dont on le voulait charger; sa pensée revenait toujours à Cécile. Elle lui était trop douce pour la chasser et trop pure pour s'en faire un reproche. Ne se mêlait-il pas d'ailleurs aux émotions de cette journée le souvenir de sa mère? Il pouvait se demander si la Providence, en guidant Mme de la Jarnage dans sa dernière promenade à Brevannes, n'avait pas voulu marquer à son fils la voie de l'avenir.

Enfin, il s'arracha à ses rêves, mais il ne

parvint à fixer son attention et à examiner
sérieusement quelle marche il devait suivre
le lendemain qu'en se disant : « Travaillons
pour elle ! »

Georges eut cependant des hésitations
lorsque, de sang-froid, il apprécia les difficultés du procès qui allaient surgir, et il ne
se dissimula point qu'en devenant le conseil
des de Trévanon, il courait à des responsabi-
lités graves. Si toutes les apparences étaient
en leur faveur, s'il pressentait que Cécile et
Roger étaient les victimes de quelque retors
financier, s'il flairait, en un mot, une infamie, il ne savait en rien ce qu'avait été le
père des enfants de Trévanon, et il pouvait,
en revendiquant leurs droits, se trouver
compromis dans quelque secrète et délicate
affaire. Seul, il n'aurait pas hésité, le souvenir de Cécile eût écarté toutes les objec-
tions; mais il songeait à sa sœur, et il ne
pouvait livrer au hasard des intérêts qui leur
étaient communs.

Le lendemain, de bonne heure, avant la
venue du docteur, il convoqua ses chers

4

conseillers : Madeleine et l'oncle Charles. Il fit part à sa sœur de ses hésitations ; mais Madeleine, qui l'écoutait avec une attention soutenue, lui dit tout à coup :

— Que te commande l'instinct généreux et juste de ton cœur ?

— De secourir les orphelins, répondit Georges.

— Pourquoi hésiter alors ? reprit la jeune fille.

Et traçant quelques mots sur la tablette de l'oncle, elle les lui mit sous les yeux.

— Fais ton devoir, mon fils, et advienne ce que Dieu voudra !

Telle fut la réponse qui fixa Georges.

Quelques heures après, il entrait à Brevannes avec le docteur. Comme la veille, le malade traversait un moment de calme, la fièvre était tombée, ses idées étaient plus lucides. Georges, décidé à prendre en main la défense des Trévanon, en profita pour obtenir ses renseignements et ses conseils. De plus, dans la crainte d'être arrêté à chaque pas dans la marche des affaires, il pria le vieillard de lui accorder une procuration, devant témoins, qui pût le mettre à même d'agir dans l'intérêt de ses neveux.

La parole engageante de Georges et la franchise de son visage, jointes aux instances de M. Breuil, décidèrent peu à peu l'oncle, qui ne comprenait pas d'abord toute l'étendue de la généreuse intervention de l'ami du docteur. La lumière faite dans son esprit, il signe en pleurant de joie les pouvoirs demandés.

— Les droits de mes enfants vont triompher maintenant, s'écrie-t-il.

— Je le voudrais, répond vivement Georges; ce n'est pas fait encore malheureusement; mais ayons confiance, nous ferons tout ce qui dépendra de nous pour qu'il en soit ainsi.

Emu de la joie de son oncle, le jeune Roger remercie affectueusement M. de la Jarnage; et Cécile, avec une simplicité charmante, lui révèle dans un regard ce que cette scène a mis de reconnaissance dans son cœur.

Les témoins de l'acte important que l'on vient de signer une fois partis, Georges, aidé du docteur, se livre à un nouvel examen des papiers. Il essaie de poser quelques questions au vieillard; mais, fatigué par l'émotion qu'il vient de ressentir, ce dernier ne peut guider en rien les recherches.

Au milieu de ce travail, un domestique vient annoncer qu'on réclame le docteur pour un cas urgent. Celui-ci s'éloigne en exprimant son regret et en priant Georges de continuer la lecture d'une nouvelle liasse que lui apporte Cécile.

Le vieillard s'est assoupi, Roger est allé travailler, et Georges, seul à côté de la jeune fille, que l'ardeur de la recherche anime, ne peut s'empêcher par instant de la contempler. Tantôt fouillant avec elle les tiroirs ou les rayons des bibliothèques, il sent sa main qui tremble au contact d'une main d'enfant; tantôt le souffle léger de la jeune compagne qui partage ses recherches obscurcit sa vue. Ah! si quelque main indiscrète eût touché, en ce moment, le cœur du légiste, elle l'eût senti battre à se rompre sous l'impression d'un trouble inexprimable.

Il feuillette, et il ne voit plus.

— Il n'y a donc rien dans ce gros cahier? dit l'innocente enfant.

— Mais si, peut-être, redonnez-le-moi, mademoiselle.

Et Georges, rappelé à lui par l'air simple et candide de Cécile, rouvre le cahier et lit, relit, sans presque comprendre.

— Qu'est-ce que ce feuillet détaché? dit Cécile.

Et elle tend au jeune homme deux nouvelles liasses et la petite feuille qui s'envolait.

C'étaient les actes de naissance de la jeune fille et de son frère; la petite note qui y était jointe donnait brièvement l'indication de la fortune qu'ils auraient un jour, 350,000 fr. chacun. En la lisant, Georges reprit pied dans ses recherches. C'était une découverte. Cette note portait une date qui était postérieure à celle des billets réclamés par le banquier.

— De qui l'écriture? dit Georges.

— De mon père.

Le testament du père qui se trouvait sur la table, devant l'oncle, portait à peu près les mêmes chiffres. Comment ce père aurait-il, dans des actes si graves, négligé de parler de billets l'engageant pour 600,000 francs! C'était impossible.

Et Georges cherche des *livres de comptes* qui, s'ils existaient depuis la date indiquée dans la note jusqu'à l'époque du testament, viendraient fournir des preuves de la dette, objet de la revendication du banquier, ou anéantir ses prétentions.

Ces livres semblent introuvables, et cependant quand on en parle au vieillard, il répond très nettement :

— Cherchez dans la bibliothèque d'en haut... en haut...

Georges se décide à faire transporter le malade au premier étage, devant la bibliothèque désignée. Mais ni Cécile, ni lui ne peuvent rien découvrir, malgré les indications de M. de Trévanon.

On croit que sa tête se brouille, et, de guerre lasse, on remet au lendemain la poursuite commencée.

Au moment où le docteur, de retour, allait emmener Georges, l'homme d'affaires qui s'était cauteleusement glissé chez les de Trévanon apparut. Georges allait franchir le seuil, il rentre instinctivement en voyant la vague inquiétude qui s'est peinte sur le front de Cécile à l'annonce du nouvel arrivant.

C'est un être mielleux, à l'œil faux, au front fuyant et bas : une vraie tête de renard. Tout à la fois sa parole est caressante, et sa personne éloigne. Il est petit, ses membres sont anguleux, sa main à doigts longs et maigres éveille, malgré soi, l'idée de la rapacité. Non seulement il a l'aspect du visage repoussant pour des gens habitués à lire sur les physionomies, mais encore ses habits sales, ses cheveux noirs et crépus qui retombent sur un collet dont le luisant accuse une antiquité crasseuse, tout en lui est triste et dégoûtant.

Il fait force saluts en entrant dans le

salon de Brevannes et va droit au vieillard.
Après quelques paroles de doucereuse sympathie pour le malade, il aborde le sujet
qui remplit « sa pensée, ses jours, ses nuits,
son cœur », dit-il, « en voyant le malheur
de ces deux orphelins auxquels il se sent
tout dévoué ». Il annonce que le créancier
le presse, le harcelle. Il a tâché jusqu'ici
de lui faire prendre patience et de l'adoucir;
mais il pense que le mieux serait de se
résigner et de faire face par des ventes
heureuses aux réclamations indiscutables
du banquier de Bordeaux.

Le vieillard pleure et proteste, tandis que
Cécile, troublée elle-même, essuie les larmes
qu'il répand et, de sa voix douce et tendre,
console et supplie le cher oncle de ne pas
se tourmenter autant.

— Mon bon oncle, vous êtes notre meilleure fortune... calmez-vous, vous allez
vous rendre plus malade... Tant pis pour
le reste, vous d'abord.

— Oui, n'est-ce pas, mademoiselle, vous
comprenez bien, reprend M. Râle, que ma

situation d'intermédiaire deviendrait insou-
tenable, si M. de Trévanon ne m'accordait
les pouvoirs de désintéresser votre débi-
teur?

Et son œil perçant et patelin allait de
l'oncle à la jeune fille, comme l'œil du
serpent cherche à fasciner les oiseaux qu'il
veut dévorer.

Georges se contenait à peine. En voyant
cet être ramper près de la jeune Cécile, il
frissonnait d'angoisse et de fureur muette.
En vain faisait-il des signes au docteur.
Celui-ci écoutait un peu naïvement M. Râle
renouveler ses conseils, répétant vingt fois
que le temps qui s'écoulait entre les réclamations et le paiement des dettes occasion-
nait des frais nouveaux, qu'en un mot il
n'y avait qu'un parti à prendre : payer de
suite. Le regard de Georges put enfin rencontrer celui du docteur et lui faire comprendre qu'il devait conseiller à M. de
Trévanon de retarder toute détermination.

— Eh bien! moi, je vous conseille de

patienter encore, dit M. Breuil au vieillard.

— Comment, monsieur Breuil, fit l'homme d'affaires visiblement embarrassé, mais un peu étonné de voir le docteur, qu'il savait de nature hésitante, se prononcer si carrément — comment! vous allez assumer la responsabilité de faire peser plus longtemps sur cette famille les charges qui s'accroissent chaque jour et peuvent engloutir le peu que mon dévouement leur veut sauver?... Allez-vous conseiller d'engager un procès?... c'est en effet la marche, dit-il, en esquissant un fin rire, essayez des hommes de lois et la ruine sera complète... Non, croyez-moi, traitez à l'amiable avec un homme aussi considéré que le banquier de Bordeaux, et surtout en présence des preuves évidentes de l'équité de ses revendications.

L'oncle persiste dans son refus, se sentant appuyé par l'attitude du docteur et la présence de Georges.

M. Râle, sentant l'inutilité de ses efforts, se retira mielleusement; ses saluts se succédèrent comme à l'arrivée, mais son œil sournois scrutait ce nouveau personnage qu'il ne comptait pas trouver là, et qui pouvait bien être pour quelque chose dans la résistance si déterminée du bon docteur.

IX

Georges était resté silencieux; mais il n'avait eu que trop le temps de réfléchir et d'étudier l'étrange personnage qui s'escrimait sous ses yeux. Il avait pris secrètement ses résolutions.

A peine était-il remonté dans le cabriolet du docteur qu'il lui dit :

— Chez l'homme d'affaires.

— Mais vous venez de le voir.

— Sans doute; et c'est pour cela que l'idée me vient de le revoir encore, et peut-être d'en tirer quelque profit par l'inattendu de notre visite.

En quelques minutes, le cabriolet atteint la porte de M. Râle. M. Râle fait dire qu'il est absent de son cabinet; c'est l'heure de

5

son dîner. Mais Georges déclare qu'il a besoin de le voir et qu'il attendra.

Après quelques instants, M. Râle se décide à paraître.

— Vous êtes venu donner tout à l'heure un conseil grave, lui dit Georges, d'un ton net et très ferme. Pour le donner, vous avez dû y être amené par l'examen des pièces qui sont, je le sais, entre vos mains.

Le jeune homme n'en savait rien, mais il plaidait le faux pour connaître le vrai. Il ajouta, sans laisser à l'homme d'affaires le temps de trouver un argument :

— Puisque l'intérêt des enfants de Trévanon vous touche et vous guide dans cette affaire, je veux vous aider à les sauver. Examinons ces pièces ensemble.

Machinalement M. Râle rentra dans son cabinet, suivi de Georges et de M. Breuil.

C'était un vrai bazar. Sur les tables, une accumulation de papiers, de journaux, de livres, offrait le tableau du désordre le moins artistique qui fût au monde. La poussière qui recouvrait meubles et livres indiquait, non seulement le peu de propreté de la maison, mais encore les habitudes médiocres d'ordre et d'activité de M. Râle. Il balbutia qu'il n'avait rien, qu'on ne trouverait rien chez lui. Mais il crut pouvoir sans inconvénient sortir une liasse de papiers d'une armoire.

— *Rien*, dit Georges, qui indiquait d'un doigt instinctivement impérieux d'autres papiers, portant le nom des Trévanon, qu'il apercevait sur les rayons. Et ceci?... et cela? Et sa main tendue récoltait les papiers qu'au fur et à mesure M. Râle y déposait avec moins d'empressement.

Tout à coup Georges surprit un regard inquiet de l'homme d'affaires se dirigeant vers un coin obscur de la salle. Il s'avança de ce côté et s'empara d'un livre à couverture de parchemin aux armes des Trévanon.

— C'est sans importance... des comptes... j'ai examiné cela, dit M. Râle.

— Permettez néanmoins que j'y jette un coup d'œil.

Et Georges ouvrit le registre.

Je ne sais quel pressentiment de la nouvelle situation qui allait lui être faite, para-
lysait les protestations incohérentes de
M. Râle.

Il essaya de dire que le dîner était servi,
que Mme Râle l'attendait dans la pièce
voisine devant son potage qui se refroidis-
sait... ce fut en vain. Georges se moquait du
dîner, des impatiences de l'homme d'affaires,
des irritations probables de Mme Râle. Il
avait pénétré dans le secret du pseudo-no-
taire et il en voulait sortir avec armes et
bagages.

— Tenez, dit-il tout à coup, confiez-
moi tout cela, monsieur Râle, je veux le
parcourir et joindre mes lumières aux
vôtres.

— Comment! vous soupçonnez que je
n'ai pas fait l'utile... mon dévouement...

— Votre dévouement n'est pas en question, reprit Georges, confiez-moi ces papiers.

— Non, dit alors M. Râle, presque furieux,
vous abusez.

Il était devenu blême. Le docteur, fort

embarrassé, allait balbutier une maladroite supplication, lorsque Georges prit le ton bref de l'homme qui exige.

— Je les réclame, ces papiers, j'en ai le droit.

— Vous êtes étranger, je le sais, monsieur de la Jarnage, vous ne pouvez être l'avocat des enfants.

— Qui vous parle d'avocat, monsieur Râle ? si je suis étranger, je puis au moins donner des conseils, et je les donnerai, j'en ai le droit, je vous le répète.

— Quel droit avez-vous dans cette affaire, jeune homme ? dit en grimaçant de rage M. Râle.

— Voici l'acte qui l'établit, c'est la volonté de M. de Trévanon.

Et il exhiba aux regards surpris et pleins de colère de son interlocuteur la procuration qu'il portait sur lui.

— Je nie la force de cette pièce, M. de Trévanon est malade.

— Il était lucide, et l'a faite en pleine possession de ses facultés.

— J'attaquerai.

— Attaquez, mais livrez les papiers ; une plus longue résistance de la part du défenseur des enfants que je protège moi-même vous exposerait à d'inqualifiables soupçons.

M. Râle regarda Georges ; mais l'œil franc et déterminé du jeune homme l'embarrassa. La ruse était enfin désarmée par l'honnêteté. M. Râle livra tout.

Mme Râle, qui écoutait derrière les cloisons disjointes, ouvrit la porte tout à coup. Elle essaya de dire que son mari se compromettait, qu'il fallait attendre, examiner. Mais c'était peine perdue. Elle récrimina, se fâcha, eut des mouvements de colère, rien ne fit changer la détermination de Georges ; et bientôt le docteur, qui approuvait le jeune homme, l'aida à transporter les papiers dans sa voiture.

Comme une bête fauve matée, à laquelle le dompteur arrache sa proie, l'homme d'affaires dessaisi rugissait intérieurement. On eût dit que l'âme de M. Râle venait d'entrer dans le coffre du vieux cabriolet.

X

En sortant de la demeure de M. Râle, Georges jugea nécessaire de retourner immédiatement à Brevannes. Il tenait à faire à M. de Trévanon sa confession pleine et entière de la conduite qu'il venait de tenir, et à lui soumettre les papiers qu'il emportait. Lui et le docteur les examinèrent encore devant le vieillard.

Georges demanda des explications qu'il ne put obtenir d'une mémoire troublée et confuse à l'égard de certaines pièces qu'on lui présentait.

Georges les emporta toutes à Montmorency. Il passa la nuit à les parcourir, à prendre des notes, à rapprocher les époques, les chiffres, pour se rendre compte d'une situation qui, au fur et à mesure qu'il avançait dans ses recherches, paraissait s'éclaircir.

Le livre de comptes surtout qui remontait à vingt-cinq ans, et qui avait été tenu très exactement, jour par jour, par M. de Trévanon père, devait faire foi devant la justice ou, du moins, l'aider à établir une preuve. Or, il n'y avait pas place à la dette réclamée dans ce livre, non plus que dans le testament. Que supposer? Une dette de jeu? Comment ne l'aurait-on pas réclamée à la mort de M. de Trévanon? Comment avait-on attendu l'attaque de paralysie de son frère, seul capable de défendre les droits des enfants et de jeter la lumière dans cette affaire?

Georges entrevoyait une infâme machination. Les allures de M. Râle, ces livres si soigneusement cachés, autorisaient tous les soupçons.

Pendant cette longue nuit, Georges se prit à regretter que sa qualité d'étranger ne lui permît pas de plaider lui-même cette cause délicate. Le souvenir de Cécile lui envahissait le cœur, et il s'écriait :

— Que je serais heureux de défendre ces enfants!

Chateaubriand a dit : « Le cœur humain veut plus qu'il ne peut; il veut surtout admirer, il a en soi-même un élan vers une beauté inconnue pour laquelle il fut créé dans son origine. » Cécile était-elle cette beauté à laquelle Georges devait dès lors rapporter toutes ses pensées? Il ne le savait pas encore; mais cette nuit-là, la pensée de la jeune fille ne cessa de l'occuper : il la voyait passer sans cesse devant ses yeux, et, tout éveillé, le jeune homme se plongeait dans des rêves dorés que ses recherches obligées pouvaient seules interrompre. C'était s'occuper encore de Cécile que de reprendre ce travail, et vite il s'y remettait.

Une chose étonnait Georges. Outre la présence du *livre de comptes* que l'oncle croyait *en haut* et pour lequel le jeune homme avait fait transporter le malade au premier étage, toutes les pièces trouvées chez M. Râle avaient des signatures de M. de Trévanon. Pourquoi? Il ne pouvait se l'expliquer.

5.

Le jour le retrouva au travail. Et le matin, lorsque Madeleine entra dans la chambre de son frère, celui-ci lui dit avec vivacité :

— Je suis content, je trouverai la voie du salut pour les orphelins ; et parmi mes illustres amis, un défenseur.

XI

Là veille au soir, Georges, se méfiant des faits et gestes de M. Râle, avait recommandé, avant de quitter Brevannes, de tout refuser, s'il se présentait. Lui-même était parti pour Paris, avant l'heure légale, afin de se soustraire à toute difficulté et empêcher ses adversaires de gagner du temps. La matinée était à peine commencée, que maître Râle, sorti de l'ahurissement où l'avait jeté la descente de Georges chez lui, vint au chalet réclamer les papiers.

— Il n'était pas permis, disait-il, d'abuser de la confiance, comme l'avait M. de la Jarnage, et il en aurait raison.

Flavia fut comme le dogue qui défend la

porte de son maître, elle ne laissa pas passer M. Râle, qu'elle renvoyait aux Trévanon.

Il y fut en effet. Là, après avoir, avec une hypocrite déférence, réclamé les pièces qu'il avait maladroitement laissées s'échapper de ses mains, il commença à s'emporter en face de l'attitude de l'oncle qui soutenait la conduite de Georges. Toutefois, s'apercevant qu'il allait un peu loin dans sa nouvelle manière d'agir, il crut pouvoir encore protester de son dévouement pour les enfants de Trévanon, dévouement qui l'avait poussé à se faire leur défenseur; mais, pour toute réponse, le vieillard, d'un ton d'autorité, où il mit toute sa force, répondit :

— M. de la Jarnage est chargé par moi de prendre en mains cette affaire, et de la poursuivre autant que sa condition d'étranger lui permettra.

M. Râle, à ces mots, laissa éclater la colère qui, depuis quelques heures, travaillait ses nerfs et son cerveau. Le vieillard et les enfants eurent à subir une suite de reproches insensés et de menaces qui les firent trem-

bler en raison de la méchante nature de
leur cauteleux conseiller de la veille. Le voile
qui leur avait caché tant bien que mal
jusque-là la fourberie et la rapacité de cet
homme, ce voile venait de tomber.

Mais cette scène d'emportement, révéla-
trice de la déception d'une bonne affaire
manquée chez M. Râle, avait eu des témoins.

Le bon docteur avait promis, pour ce
jour-là, d'accompagner un de ses amis dans
le voisinage. Craignant toutefois quelque
mauvais tour de l'homme d'affaires dépos-
sédé, il n'était pas sans inquiétude au sujet
des Trévanon. Il décida donc son ami à
faire un détour par Brevannes. Lorsqu'ils y
arrivèrent, M. Râle venait d'y pénétrer et,
introduits dans la pièce voisine, ils avaient
tout entendu.

Cette circonstance allait profiter à la cause.
Du reste, l'affaire, confiée par Georges à un
avocat en renom, parut bientôt prendre une
tournure tout à fait favorable aux enfants
de Trévanon.

Huit jours après, M. Râle fut arrêté sous

la prévention de faux; et il ne fut pas difficile aux experts de démontrer que cet intermédiaire de confiance avait pris la plupart des pièces portant la signature de M. de Trévanon, pour étudier cette signature et la reproduire. Sur certaines pièces même on découvrit les traces irrécusables d'un décalque.

Ces faux presque prouvés, c'était évidemment l'annulation des billets, la cause gagnée pour les orphelins et la condamnation des réclamants.

XII

A mesure que l'instruction du procès avançait, aux yeux de tout homme droit la fausseté des billets devenait de plus en plus évidente, malgré les dénégations de M. Râle.

Le banquier de Bordeaux, après avoir mis tout en œuvre pour en établir l'authenticité, sentant qu'il allait se perdre, changea d'attitude au dernier moment, et parut se séparer de son complice. Mais il eut de longs entretiens avec lui, et Georges supposa que, moyennant de gros sacrifices, il avait obtenu de n'être pas chargé par M. Râle. C'était leur unique chance de salut à tous les deux. L'habile banquier n'avait pas manqué de faire comprendre à l'homme d'affaires, bien plus compromis que lui, qu'une entente entre eux, jointe à la grande habileté de leurs avocats, pouvait seule le soustraire aux travaux forcés, si elle ne lui évitait toute condamnation.

Les plaidoieries s'engagèrent dans cette voie.

Les experts étaient unanimes à reconnaître les faux que la défense niait énergiquement. Les avocats des accusés mirent en avant une foule d'arguments pour affirmer l'authenticité des actes. Mais, sentant qu'ils allaient être pris, leurs efforts tendirent à établir que, si tant était qu'il y eût faux, M. Râle et le banquier de Bordeaux n'en avaient pas été les auteurs, mais les victimes, et qu'ils allaient faire une perte immense dont la famille de Trévanon, en somme, était responsable et leur devait la compensation.

Une fois sur ce terrain, ils ne s'arrêtèrent plus et allèrent jusqu'à porter atteinte à la mémoire de M. de Trévanon. A l'époque indiquée dans les billets, dirent-ils, M. de Trévanon, pour ne pas se compromettre

dans une affaire délicate, avait emprunté
secrètement au banquier de Bordeaux, par
l'intermédiaire de M. Râle, les sommes en
question. A ce moment, les accusés avaient
pu bénéficier sur cet emprunt, mais pou-
vaient-ils croire que les billets remis en
garantie à M. Râle étaient faux? Les défenseurs firent habilement entendre que supposer ces dits billets faux, c'était diffamer
la mémoire de M. de Trévanon. Il fallait
donc, ajoutaient-ils, ou les regarder comme
parfaitement authentiques, ou porter une
accusation sur un des hommes que l'on
avait toujours considéré comme des plus
honorables du pays.

Georges eut à ce moment un cruel mouvement de dégoût plutôt que de terreur :
il était initié à toutes les roueries des luttes
de Palais, mais l'audace, la désinvolture
avec lesquelles on traînait dans la boue le
père de Cécile le suffoquaient.

Il lui fallut rassembler toute son énergie
pour réprimer un geste, un cri de protes-
tation.

L'avocat des Trévanon, du reste, homme de cœur et d'honneur, avait éprouvé le même sentiment de répulsion, et il sut l'exprimer avec toute l'âme qu'y eût mis Georges lui-même.

D'ailleurs, s'il parut difficile, quelle qu'en fût l'évidence, d'établir que M. Râle était l'auteur du faux reconnu, le fait d'avoir voulu se faire le défenseur des de Trévanon alors qu'il s'avouait maintenant leur créancier avec le banquier de Bordeaux, était tout à sa charge.

Le jury fut unanime à nier l'authencité de la dette; il poussa pourtant la condescendance jusqu'à absoudre le banquier; quant à M. Râle, on lui procura dix ans de réflexions sous bonnes murailles.

C'était plus qu'il ne croyait, mais un sentiment que Georges, qui avait tant étudié cet homme à double face, crut deviner, l'empêcha cependant de protester. Les proportions de l'indemnité secrète répondaient sans doute aux proportions de la peine.

M. Râle avait joué son coup de bourse à

sa manière. Dans dix ans, il serait riche et tout serait oublié.

Mais Georges se reprocha d'avoir un instant arrêté sa pensée sur cet homme, alors qu'il pouvait courir déjà vers ceux qui attendaient dans l'angoisse son retour.

Il remercia chaudement son ami, l'avocat des Trévanon, qui avait su, en abritant leurs intérêts, replacer dans son jour honorable un nom que l'infamie avait essayé de ternir. Puis il partit en grande hâte.

En arrivant à la gare de Montmorency, il aperçut derrière les vitres de la salle d'attente le visage plein d'anxieuse bonté du docteur. Sur le front rayonnant de Georges se lisait l'heureuse nouvelle.

M. Breuil en aurait volontiers sauté de joie. Cet homme de soixante ans avait des vivacités et des rires d'enfant, en bondissant dans son vieux cabriolet et fouettant le cheval blanc qui semblait comprendre toute l'impatience de son maître.

On était à l'une de ces précieuses journées qui succèdent à l'hiver et, par leur douce chaleur, ont toutes les illusions du printemps. Le docteur avait conseillé de sortir un peu M. de Trévanon ; et quand la voiture approcha du parc de Brevannes, Georges aperçut de loin, sous le vieux orme où naguère, pour la première fois, lui avaient apparu les trois membres de cette chère famille, Cécile, Roger et le vieillard. Les deux enfants soutenaient l'oncle. Au bruit du cabriolet, Cécile leva sa tête blonde. Georges, qui devinait son anxiété, agita son chapeau ; le docteur faisait des gestes insensés, et, avant que nul eût dit un mot, tous se sentaient heureux.

Le malade seul hésitait, il n'avait pas compris tout d'abord le bonheur qui leur arrivait, mais, quand Georges lui eut dit : « — Grâce à Dieu, le procès est gagné ! » il quitta vivement le bras de ses enfants pour se jeter dans ceux de Georges avec toute la tendre effusion de la reconnaissance. Roger et Cécile n'osaient le quitter ; aussi, un moment, se trouvèrent-ils confondus dans un groupe touchant. Et quand M. de

Trévanon, de plus en plus ému, répétait : « — Mes enfants, mes enfants, vous êtes tous mes enfants! » le docteur, qui les contemplait en souriant, eut une pensée secrète dont Georges, s'il s'en fût douté, eût rougi peut-être, mais en la lui pardonnant.

La douce main de Cécile avait effleuré la main de Georges et, dans son trouble, le jeune homme la serrait affectueusement et la mouillait de ses larmes.

Tous voulurent le retenir, mais ayant sans doute conscience de l'immense place que prenait dans son cœur sa tendresse secrète et inavouée pour Cécile, le jeune homme eut comme un remords d'en voler la possession à sa chère et aimable sœur. Il se dit l'anxiété de Madeleine, le bonheur qu'elle allait goûter à savoir, elle aussi, la bonne nouvelle; et, brusquant des témoignages de reconnaissance dont il semblait trop jouir, il mit à contribution la complaisance du docteur pour le reconduire à Montmorency.

XIII

Tandis que Georges s'était absorbé dans les graves préoccupations et démarches du procès de Trévanon, qui, on le comprend, avait duré fort longtemps ; tandis qu'un sentiment secret, nouveau et si doux, avait peu à peu pénétré dans son affectueux cœur, il s'était détourné forcément de ses occupations journalières. Il n'avait pu même lire les journaux d'Amérique.

Or, si en tout temps la curiosité et surtout le souvenir de son cher pays lui en rendaient la lecture attachante, ils offraient, en ce moment, un intérêt tout particulièrement émouvant.

A bien des indices graves déjà, il était facile de prévoir, pour des Américains initiés aux difficultés du moment, que la guerre était imminente.

L'oncle, pour lequel la lecture était une des distractions préférées, n'avait pas manqué un seul courrier d'Amérique ; mais comme il espérait voir tarder encore un éclat douloureux, il gardait le silence, et laissait Georges se donner tout entier à l'affaire des Trévanon, dont il était le plus sûr et le plus intime conseiller.

Le jour même où le procès finissait, et où Georges, après avoir rassuré ses amis de Brevannes, rentrait au chalet, le bonheur dans le cœur et la joie sur le front, le courrier était absolument mauvais. Il était arrivé en même temps des lettres de parents et d'amis, et particulièrement d'une tante de la Jarnage (Mme Burden), pleines d'une douloureuse anxiété. Il n'était plus possible de se dissimuler qu'une ère de troubles cruels allait s'ouvrir pour leur patrie.

Georges, en l'apprenant, fut atterré.

Il tombait du ciel pour retrouver toutes les angoisses de la terre. Il croyait entendre

encore l'écho de la reconnaissance de la
famille qu'il venait de sauver, il croyait
surtout écouter encore cette voix douce et
caressante de Cécile, qui l'avait remercié
dans des termes si pleins de charmes, et
voilà que, de l'autre bout du monde, lui
arrivait la voix brisée de la patrie humiliée,
les cris sinistres de la guerre, et il ne le devinait que trop, un appel aux armes qui ne
répugnait pas à son courage, mais qui allait
le séparer pour longtemps, pour toujours
peut-être, de la plus chère espérance de sa
vie.

La soirée fut longue à passer au chalet.
La tristesse s'était emparée de tous les
cœurs.

Tout à coup, Madeleine ouvrit son piano
et, sous l'effet de sa pensée anxieuse, elle
chanta ce passage du *Pré aux Clercs*, si doux
et si triste.

> Souvenirs du jeune âge
> Sont gravés dans mon cœur.

A ces mots :

Rendez-moi ma patrie,
Ou laissez-moi mourir.

il y avait de la prière et des larmes dans sa
voix. Georges, qui ne chantait jamais, eut, ce
soir-là, un entraînement soudain, et spontanément sa voix vint se mêler à la voix fraîche
de la jeune fille. Jamais elle n'avait été si
harmonieuse et si attendrissante. Les deux
orphelins, mus par un même sentiment,
chantant la patrie malheureuse et absente
dans une délicieuse mélodie, c'était un spectacle touchant. Irrésistiblement attirée par le
chant de Georges, et ce je ne sais quoi qui
venait lui parler, à elle aussi, de son pays,
Flavia s'était glissée dans le salon, et, sous
le coup de la même émotion que ses chers
maîtres, elle écoutait silencieuse et pleurait.

L'oncle s'approche alors du piano, et fixant
les regards sur la partition, il s'anime, et
unit ses pensées aux élans patriotiques de
Georges et de Madeleine. Il sent frissonner
d'amour son vieux cœur au souvenir de la
patrie menacée.

On se sépara fort troublé.

Le lendemain matin, l'oncle ne parut pas au déjeuner. On crut à une course dans la campagne, qui l'aurait entraîné plus loin qu'il ne pensait, et on ne s'en inquiéta pas. Mais quand une heure, deux heures furent venues, les craintes naquirent au foyer. Chacun commença des recherches qui, hélas ! ne devaient pas aboutir. Georges et sa sœur coururent plusieurs fois au bout de l'avenue, afin d'explorer la route et la côte, mais ils ne virent personne ayant les allures du cher oncle.

Voici le facteur qui achève sa tournée. Qui sait? lui peut-être, dans ses courses, aura rencontré M. de Pilter? Mais non, il ne peut donner aucun renseignement, il remet simplement aux deux jeunes gens une lettre à leur adresse. Elle était de l'oncle Charles ! Tous deux se précipitent, et en lisent le contenu avec avidité.

« Chers enfants,

«Ne me cherchez pas. Je serai loin de vous

lorsque vous lirez ces lignes. Depuis que notre Amérique s'est réveillée sous les coups du canon, je ne vivais plus, et j'avais hâte d'aller à son secours et de veiller à vos biens. Je suis votre père, je ne l'oublie pas. Enfants, je ne fais que ce je dois dans cette circonstance, et vous ne sauriez me le reprocher, vous qui avez toujours su faire votre devoir :

> Rendez-moi ma patrie,
> Ou laissez-moi mourir.

« Madeleine, si mes oreilles ne les ont point entendues, mon cœur a senti tes paroles, et elles ont été pour ton père adoptif une leçon et un encouragement. Elles m'ont décidé à partir. Si je ne vous l'ai pas dit, c'est que je ne voulais pas être suivi; je sais combien vous vous seriez cramponnés au pauvre infirme pour le retenir ou l'accompagner... Je vous défends de vous préoccuper, je vais aller voir ce qui se passe là-bas; voir si un homme sans oreilles et sans langue, qui a bon bras et bon œil, et qui apporte son cœur et son intelligence au secours de son pays et

à la défense des intérêts de ses enfants, est un
homme inutile. Je vous tiendrai au courant
de tout, chers biens-aimés ; bon courage, ne
vous tourmentez pas et attendez de mes nouvelles sans crainte. A bientôt.

« CHARLES. »

On conçoit aisément quels furent l'étonnement et le chagrin des deux jeunes gens. Le
repas et la soirée qui suivirent, subirent le
contre-coup de l'impression qu'avait laissée
la lecture de cette lettre. Les enfants ne
purent manger, et la pauvre Flavia passa son
temps à aller de l'un à l'autre, les exhortant
au courage. La tête de Georges travaillait.
Il voulait partir à la recherche ou à la suite
de son oncle, et combinait ses plans en
conséquence. Sa sœur et la nourrice lui
firent remarquer qu'il valait peut-être mieux
respecter la volonté de celui qui remplaçait
son père, et attendre de ses nouvelles, avant
de prendre aucune décision... il avait paru
se rendre à leurs raisons. Mais, quand le soir
fut venu, que Madeleine et les serviteurs fu--

6.

rent rentrés dans leurs chambres, Georges sortit silencieusement de la maison. Il longea l'avenue, prit le chemin de la gare, gagna Paris et alla s'installer dans le train du Havre.

Lorsqu'il arriva le lendemain dans ce port, le *steamer*, à destination de New-York, était parti depuis six heures déjà. Déçu, mais satisfait du devoir accompli, il dut renoncer au projet de rejoindre son oncle immédiatement.

Le paquebot suivant ne partait que bien des jours après. Georges se décida à rentrer jusque-là à Montmorency. Madeleine n'adressa pas de reproches à son frère, pour être parti sans l'avoir prévenue; mais la pauvre enfant avait été si troublée par ces deux départs précipités et exécutés secrètement, que sa santé en fut ébranlée. Elle se mit au lit avec la fièvre et le délire.

On l'apprit à Brévannes, et, chaque jour, on venait chercher des nouvelles. Plusieurs fois, M. de Trévanon, qui allait de mieux en mieux, mais ne pouvait marcher encore,

vint avec sa voiture jusqu'à la porte du
chalet, et c'était Cécile qui en descendait pour
voir quelques instants la malade. Georges,
touché des empressements sympathiques de
Cécile, ne laissait à personne le soin de la
reconduire jusqu'à la voiture.

Un jour, la timide enfant lui dit :

— Oh ! vous ne partirez pas pour l'Amérique, n'est-ce-pas ?

— Pourquoi cela, mademoiselle ?

— Vous quitteriez Madeleine, fit-elle avec
vivacité... c'est si loin !

Georges était-il si impressionné par tout
ce que lui disait Cécile, qu'il crut deviner
dans cette parole l'expression voilée du regret de le voir s'éloigner ; c'est probable,
car, à partir de ce moment, il sentit qu'un
lien de plus en plus fort l'attachait à Montmorency.

Témoin, d'ailleurs, des souffrances de sa
bonne petite sœur, dont il avait été involon-
tairement la cause, il n'aurait pas songé
pour le moment à mettre ses projets de
départ à exécution.

Mais les soins dont il entoura Madeleine, joints aux bons conseils du docteur et à l'aide de Flavia, la remirent assez vite sur pied. Jamais la négresse ne se multiplia autant. Elle mit tout son cœur dans la douce tâche qu'elle s'était imposée de guérir la chère enfant, et d'entourer Georges et Madeleine, une seconde fois orphelins, depuis le départ de leur oncle, d'attentions, de soins et d'affection. Elle allait rechercher, l'excellente créature, dans les souvenirs d'intimité du passé, les plus délicates consolations. Sa tendresse donnait alors à la jeune fille les noms aimés avec lesquels elle l'appelait dans son enfance.

Ma Leine, disait-elle, veux-tu Flavia faire rire?... ma petite Leine... veux-tu Flavia chante?... Flavia danse?... Flavia saute?...

Et Madeleine se déridait à ces câlineries de sa nourrice, et ouvrant ses bras, elle disait :

— Non, Flavia, Leine veut Flavia embrasse.

Pour Georges aussi, elle avait de ces tendres libertés maternelles, et le jeune homme s'y prêtait en disant parfois, avec une douce reconnaissance :

— Nos malheurs rouvrent à Flavia le tome II de notre enfance.

Et c'était vrai ; mais hélas ! de tout cet heureux temps, il ne restait aux orphelins que les doux noms prodigués par la nourrice.

Georges, par suite de la maladie de sa sœur, avait laissé partir plusieurs paquebots pour l'Amérique. Maintenant que la guérison était complète, dominé par le sentiment du devoir, et malgré la douce parole de Cécile, que son cœur entendait toujours, il reparlait de départ. N'était-il pas temps de rejoindre le cher oncle dont on n'avait aucune nouvelle?

XIV

Les journaux d'Amérique, sur lesquels nos amis se jetaient avec avidité, ne contenaient plus que des récits de villes qui se soulevaient, d'armées qui se formaient, d'appels à l'agitation, de cris d'animosité, de vengeance, de haine. Et la lettre annoncée par l'oncle ne paraissait pas.

Un matin enfin, elle arriva. Elle était à l'adresse de Georges. La voici dans son entier :

« Charleston, ce 13 avril 1861.

« Cher enfant, je suis arrivé à bon port, il y a deux semaines déjà. Depuis lors, je remettais de jour en jour, je pourrais presque dire d'heure en heure, l'envoi des

nouvelles que tu dois attendre. Mon enfant,
tout marche bien mal. Nos rivaux du Nord
veulent, au mépris des lois constitutives de
l'Union, nous courber sous leur joug, ruiner
notre agriculture par les tarifs faits au bé-
néfice exclusif de leurs manufactures. L'esclavage assurément doit disparaître un jour,
l'esprit public s'y prépare graduellement.
Cette idée généreuse est dans le cœur de
beaucoup de Sudistes; c'est au Sud seul à
affranchir ses esclaves et ce jour viendra.
Mais, dans l'intérêt même de l'esclave qui
ne saurait jouir de sa liberté, il faut attendre
du temps une solution qui, brusquée, en-
traînerait notre ruine et serait dangereuse
pour le bonheur même du nègre.

« Les Yankees ne veulent pas des solutions
qui satisferaient l'équité et la justice; ce
qu'ils poursuivent, c'est la ruine du Sud. Ils
veulent faire prévaloir les lois de leur con-
grès de Washington sur celles de chacun de
nos États, créé libre, indépendant et souve-
rain par le pacte primitif de fédération.
Cette société grossière du Nord, où l'éduca-

tion, l'honneur et les sentiments élevés ne sont rien, et dont le gain et le lucre sont les seuls dieux, ne doit pas avoir raison du Sud, qui conserve pure la tradition de la vraie liberté. Ces gens qui nous ont vendu jusqu'à leur dernier esclave, et ont tiré de ces marchés jusqu'au dernier écu, viennent aujourd'hui, sous les dehors d'une hypocrite philanthropie, nous demander la mise en liberté immédiate et sans compensation des noirs qui travaillent nos terres !

« Que l'Europe ne s'y trompe pas ! Qu'elle ne se laisse pas méprendre par les mots d'*esclavage*, d'*affranchissement*, que le Nord jette sur les deux continents au début de cette guerre, afin de faire croire qu'elle entreprend une croisade sainte, inspirée par un sentiment de charité pour la race noire. Erreur que tout cela, mon enfant. C'est une guerre au Sud, guerre à sa fortune, à son sol. Le Nord sait qu'il nous enlève les nègres, dont les bras sont une concurrence à leurs manufactures, le Sud est perdu ; aussi veut-il rendre à la liberté ceux qui

7

travaillent à notre prospérité. Mais le nègre
ne peut oublier que si le Nord aujourd'hui
veut l'affranchir, le Nord l'a jadis chassé de
ses terres, vendu à vil prix. — L'affranchissement ne devra sortir que du calme
des États, de leur organisation, de la douce
influence de l'Évangile, qui permettra au
nègre de se créer petit à petit, avec le secours de son maître, un intérieur et une
famille.

« La défense de nos intérêts et de nos
justes droits méconnus arme seule nos
frères du Sud. Malheur à ceux qui ne veulent pas le comprendre et qui, déjà hier,
ont appris des Caroliniens qu'il arrive un
moment où les peuples exaspérés se font
justice !

« J'ai tardé à t'écrire et à te renseigner
sur la situation, espérant qu'un rayon de
soleil viendrait disperser les nuages qui
couvrent notre pays ; mais, hélas ! ces
nuages crèvent et déchaînent les tonnerres
autour de nous.

« En effet, dès hier, nous nous sommes

emparés du fort Sumter. Tu te rappelles sa belle position sur l'îlot qui ferme l'entrée de la large rade de Charleston...

« Tu vois, par le souvenir, les deux rivières, l'Ashley et le Cooper, qui débouchent au fond du golfe, et tu te les représenteras facilement couvertes en un clin d'œil de bateaux divers, montés par des hommes énergiques qui, dans l'ombre, depuis trois semaines, combinaient leurs plans. De tous côtés, à chaque minute partaient des deux rives : canots, embarcations à vapeur, bâtiments à voiles, tous ces bateaux différents de force et de taille, recélant des batteries complètes, conduites par des hommes habiles et résolus. L'attaque commença bientôt. Fusils et canons, paraissant sortir de l'eau, dirigèrent leurs feux vers le fort. Le tremblement de la terre sous mes pieds me révélait l'effet puissant de ces engins. Te représentes-tu le golfe et les côtes faisant face à l'île, s'illuminant à chaque seconde de coups de feu. Le vois-tu ébranlé dans son lit de brique, recouvert d'argile, ce vieux fort nordiste (1) qui, au milieu de nos eaux, semblait symboliser la puissance que le Nord voudrait exercer sur nos États. — Il en sera fait de la prépondérance que rêvent nos ennemis, comme de ce fort qui, attaqué de toutes parts, devra finir par se rendre!

« Il ne devait y avoir que deux cents hommes dans le fort, tandis qu'on évalue de quatre à cinq mille les soldats improvisés de cette difficile attaque. Le commandant Anderson dirigeait la défense; il stimulait, encourageait ses soldats dans cette lutte inégale par le nombre, mais supérieure pour eux par la position. A travers les meurtrières et du haut des parapets du fort, leurs bouches à feu jetaient sur nos populations, que le patriotisme venait de transformer en soldats, leurs foudres et leurs colères; mais le nombre devait l'emporter, et, avant le soir, les nôtres occupaient le fort, et emmenaient prisonniers le commandant et ses soldats. Tu comprends qu'après

(1) Le fort Sumter, qui appartenait au Nord, était bâti à l'entrée de la rade de Charleston.

un pareil événement, le pacte de Washington est déchiré, et que la guerre est allumée sur tous les points du territoire.

« Georges, tu es fils de la grande Amérique, tu as dans tes veines du sang de deux nobles familles... et ta terre natale est en péril..., Georges, tu me comprends, car, sans ma défense, je sens que tu serais déjà ici. Viens à mes côtés, et puisse ton ardeur à la lutte montrer à tes compagnons d'armes que tu es le digne descendant des la Jarnage. Viens, l'honneur t'y invite, et mon vieux corps est tout prêt à te servir de bouclier. Je vous embrasse, chers enfants.

« Charles de PILTER. »

Et M. de Pilter ajoutait au bas de sa lettre :

« Les événements marchent plus vite que je ne le pensais. Depuis que ces lignes ont été écrites, la législative de la Caroline du Sud s'est réunie ce matin, et, à l'unanimité, elle a déclaré qu'elle se séparait de l'Union américaine.

« Au sortir de la séance, le Président de la Chambre est venu annoncer au peuple, réuni dans Meeting-Street, la grave nouvelle de la sécession. Elle a été reçue avec un enthousiasme indescriptible. Du haut de la colonnade de Charleston-Hôtel, un Français inconnu, doué, m'a-t-on dit, d'une voix merveilleusement vibrante, a entonné le chant de la *Marseillaise*, dont on ne connaît, en Amérique, que le sens guerrier. La ville entière électrisée a fait écho. Il est impossible de ne pas suivre un pareil élan; arrive donc, je t'attends.

« Ch. »

Georges courut à sa chambre faire ses préparatifs. Il n'y était pas depuis un quart d'heure, que Madeleine y entrait résolument et lui disait :

— Georges, quand partons-nous?

— Comment, sœur? mais tu ne peux pas me suivre?

— Georges, tu ne partiras pas sans moi.

— Tu plaisantes, mais on se bat en Amérique.

— Raison de plus, il faut que j'y sois.

— Toi, pauvre petite sœur, que ferais-tu?

— Si je ne puis tenir le fusil, je prierai, je soulagerai les blessés, je laverai leurs plaies, je porterai le Christ à baiser aux mourants. Je serai là enfin, près de toi, entends-tu? je serai là, mon œil traversera les rangs pour te distinguer; de loin, du moins, je pourrai veiller sur toi, veiller sur l'oncle Charles, oui, j'y serai, entends-tu, j'y serai...

Devant cette volonté énergique et courageuse de la jeune fille, il était inutile de lutter, le frère se tut. Emu, d'ailleurs, lui-même des sentiments qui inspiraient le dévouement de sa sœur, il saisit les mains de Madeleine avec transport et lui dit :

— Oui, partons ensemble, le prochain paquebot quitte le Havre dans trois jours, soyons-y.

Les préparatifs furent faits en un clin d'œil; en un clin d'œil, Flavia eut apporté à la jeune fille les effets que devaient contenir les malles.

M. Breuil fut de suite mis au courant de ce qui se passait au chalet. Il alla en porter bien vite la nouvelle à la famille de Trévanon. L'oncle, Roger et Cécile partirent immédiatement pour Montmorency. Ils ne cachèrent pas leur tristesse de voir M. et Mlle de la Jarnage s'éloigner d'eux pour un si grand voyage, et dans d'aussi pénibles conditions. Ils essayaient de se persuader qu'après une heureuse traversée, les jeunes gens retrouveraient leur cher pays relativement calme et surtout qu'ils n'auraient à courir aucun danger.

Georges et Madeleine furent très touchés de cette démarche, et le jeune homme se tournant vers Cécile :

— Mademoiselle, puis-je partir maintenant?

— Oui, fit Cécile avec un soupir, puisque Madeleine part avec vous; mais il faudra revenir tous les deux, bientôt.

— Priez Dieu pour qu'il en soit ainsi.

— Tous les jours, lui dit-elle.

Et instinctivement, elle tendit sa main à Georges, qui la serra et la porta à ses lèvres.

Cette petite scène avait eu lieu près de la voiture, sous les yeux de l'oncle de Tré-vanon.

— Embrassez-la au front, je vous le permets, monsieur Georges, vous avez largement conquis ce droit.

Puis, tirant de sa poche une enveloppe, il en sortit deux portraits.

— Voici mes enfants, mon bon ami, emportez-les, ils vous rappelleront que vous avez en France des cœurs qui vous sont affectueusement attachés.

Georges, ému et troublé, embrassa bien tendrement sa chère Cécile qui rougissait, puis, prenant la main du vieillard, il la baisa aussi avec une douce reconnaissance.

Les adieux de Madeleine et de Cécile ne furent pas moins touchants. Elles se promirent des nouvelles pendant la séparation.

La voiture, en s'éloignant, laissa Georges pensif. Madeleine l'observait doucement.

7.

Elle eut un ineffable sourire, puis, attirant son frère à elle, plongeant dans ses yeux son long regard :

— Allons frère, Dieu veuille ton bonheur, je n'en serai pas jalouse, mais pourquoi m'avoir si longtemps fermé la porte de ton cœur?

Georges ne répondit pas. Madeleine avait compris que la confiance n'avait pas manqué à son frère; seule, la crainte de l'attrister l'avait retenu.

Avant de quitter Montmorency, vers la fin du jour, Georges et Madeleine voulurent faire un dernier pèlerinage à la tombe de leur mère. Là, tous deux à genoux, s'abîmèrent dans de doux et tristes épanchements.

Madeleine tout entière à sa douleur, que le départ ravivait par un nouveau déchirement, se reporta instinctivement vers son frère, le soutien de son cœur, sa raison de vivre, et elle demanda à la chère morte de veiller sur lui pendant cette guerre meurtrière où il courait.

Pour Georges, il se mêlait une espérance à ses souvenirs douloureux. Il lui sembla que de cette tombe sa mère se levait, qu'elle prenait la main de Cécile et la sienne, qu'elle les unissait, et puis la femme énergique lui disait :

— Pars, combats, ne crains rien, le devoir te soutiendra, Dieu te protégera. Il y aura toujours une muraille entre les balles de nos ennemis et ta poitrine, cette muraille, ce sera mon cœur maternel... Va, tu reviendras !

Et, après avoir baisé la terre qui cachait la chère dépouille à ses yeux, il se releva consolé par cette parole : — Tu reviendras !

Flavia priait à l'écart. Madeleine comprit sa discrétion et l'attira près d'elle.

— Viens, lui dit-elle, approche-toi de cette tombe vénérée, et dis à notre mère combien tu nous aimes, afin que son regard souriant protège notre voyage.

Flavia agenouillée, les deux mains et la tête penchées sur la terre de la tombe, l'arrosait de ses larmes. Puis, tout à coup, au

milieu de sanglots, Georges et Madeleine
distinguèrent ces mots :

— Oh! maîtresse... Flavia rester toujours
la même pour enfants. Maîtresse, enfants
toujours si bons... Flavia aime mieux, si
faut, rester toujours esclave, mais jamais
quitter enfants.

Ce fut Georges qui la releva.

— Non, Flavia, tu ne seras plus jamais
esclave, tu es pour nous une amie dévouée,
et nous te traiterons toujours comme telle.
N'avons-nous pas sucé ton lait? N'avons-
nous pas été entourés par toi des soins et des
sollicitudes d'une mère? De toi, Flavia, nous
avons appris à connaître quels sentiments
peuvent honorer ta race et quel cœur bat
dans vos poitrines; ici, je te le jure, sur cette
tombe aimée, témoin de nos douleurs, s'il
faut un jour soutenir cette race malheureuse,
ta pensée dictera mon devoir. Mais aujour-
d'hui, il nous faut d'abord défendre l'inté-
grité de notre territoire menacé, et sauver
les institutions sociales du Sud, dont nos
adversaires veulent la ruine!

Le lendemain, Georges, Madeleine et Flavia partaient pour le Havre. Ils coururent au
port, et, en montant sur le pont du *steamer*
qui tremblait sous les frémissements de la
machine en partance, il leur sembla mettre
le pied sur le sol américain, frémissant et
troublé par l'horrible apprêt de la guerre.

XV

Le navire glissait sur les flots! La nuit était
superbe! Le ciel avait revêtu son manteau
constellé d'étoiles qui semblaient se prolonger
sur les eaux en pâles traînées de feu. S'élançant de ce vêtement de lueurs timides, la
lune douce et radieuse venait les éclipser peu
à peu. Elle se mirait complaisamment dans
l'immensité des mers, dont la surface, unie
et calme, reflétait son disque d'argent.
C'était une nuit belle entre toutes! aussi le
pilote qui dirigeait la marche du navire son-
geait-il avec bonheur au débarquement qui,
dans quelques heures, se ferait si facilement
par ce temps superbe. Tout, dans cette
nuit, semblait sourire à la journée du lendemain. Bercés doucement par le léger tangage

du navire, bon nombre de voyageurs, fati-
gués d'une traversée de plusieurs jours,
reposaient dans les cabines; d'autres, sur le
pont, respiraient la fraîcheur de la nuit,
tandis que les vieux marins fumaient leurs
pipes dans l'ombre. On n'entendait que le
mugissement de l'eau sous la proue qui la
fend.

Parfois néanmoins, quelques voyageurs,
ne pouvant contenir leurs impressions, s'extasiaient sur les splendeurs de la mer, cette
beauté grandiose et changeante qu'on croit
connaître, et qu'on ne retrouve jamais semblable à elle-même. Oh! quel horizon immense de pensées s'ouvre à l'âme qui la
contemple et l'étudie! Ce ciel, ces flots, ce
silence de la nuit, l'immensité au-dessus de
soi, l'immensité au-dessous. Que Dieu est
grand!

A l'avant du bateau, trois personnes étaient
réunies. Georges et Madeleine, la main dans
la main, envoyaient leur pensée d'amour à
l'Être infini. Mais de temps à autre, un fré-
missement de tous leurs membres attestait

chez eux un souvenir douloureux, une pensée
inquiète! Ils songeaient à ce voyage fait
jadis en sens inverse, avec une tendre mère
qu'ils chérissaient; voyage qu'ils refaisaient
seuls aujourd'hui avec leur nourrice. Ils songeaient à l'harmonie de la nature qui, sous
le souffle de Dieu, s'anime et nous apporte
à chaque instant le témoignage de sa magni-
ficence, ils comparaient l'ordre parfait des
œuvres du Créateur, dont rien ne trouble la
marche régulière avec les agitations infé-
condes ou douloureuses qui marquent l'œuvre
des hommes! Ils songeaient à leur chère
Amérique où ils allaient, après cette paisible
traversée, trouver le désordre, le bruit des
armes, peut-être la mort, et instinctivement
leurs mains se pressaient, et leurs yeux s'élevaient vers Celui qui fait marcher le navire
et les événements!

Flavia aussi était absorbée : elle sentait
combien elle était en jeu par sa nationalité
dans la guerre qui venait de s'allumer; elle
songeait au fils des la Jarnage, allant exposer
sa vie..., et elle frissonnait!...

Oh! le pays, quel nom cher à l'homme!
C'est de Dieu que nous tenons cet amour de
la patrie qui nous fait affronter les plus
grands dangers et réaliser des prodiges pour
sa défense!

L'aurore trouva nos trois amis dans la
même contemplation. Les étoiles avaient
disparu. Le soleil à l'horizon semblait sortir
des flots qu'il embrasait. Les nues paraissaient déployer de grandes voiles blanches,
qui se roulaient sur elles-mêmes, puis s'éva-
nouissaient devant l'éclatante lumière du
ciel! Non, on se sent impuissant à rendre
de pareilles splendeurs!

Vers le milieu du jour, les côtes loin-
taines apparurent, et le mot *terre*, jeté par
un matelot, répété par cent voix sur le pont,
dans les salles, les cabines, ce mot *terre...*
terre, résonna dans les poitrines et remplit
le cœur de tous les passagers, qu'agitaient
de secrètes pensées si diverses, d'une commune impression de joie!

———

DEUXIÈME PARTIE

AMÉRIQUE

DEUXIÈME PARTIE

AMÉRIQUE

I

On entre dans la superbe rade de New-York, et, après quelques minutes de manœuvres prudentes, on jette l'ancre. Immédiatement des agents américains montent sur le bateau, et réclament les passe-ports des passagers. Georges put craindre que son nom, si connu dans l'Amérique du Sud, ne le fût également de ces émissaires préposés aux feuilles de signalement et à la douane... Mais il n'en est rien heureusement, et nos

trois voyageurs se perdent dans cette grande
ville du Nord, métropole du commerce américain. Là, ils ne tardent pas à s'apercevoir
de la violente antipathie des gens du Nord
pour le Sud. On parle avec animation dans
les rues, de nombreux groupes se forment,
les nouvelles s'entre-croisent. Dans tous les
bruits qui frappent les oreilles de nos débarqués se mêle confusément, avec la fureur
d'un parti contre l'autre, l'éloge qu'il est
obligé d'accorder au patriotisme des Caroliniens, qui se sont tous réveillés soldats,
au premier coup porté à leurs libres institutions. Les enfants des la Jarnage ont hâte de
rejoindre leur oncle qui attend Georges, et
de quitter cette ville qui s'est déclarée ennemie de la leur.

Le jeune homme brûle d'unir ses efforts
à ceux de ses compatriotes, et de se mesurer
avec les Nordistes; malheureusement, il ne
va pas pouvoir exhiber son passe-port, qui
porte, par mesure de prudence, la destination de New-York. Il ne peut s'en procurer
d'autre sans se faire reconnaître. Alors, il

y a une lutte entre Madeleine et son frère.
Celle-ci ne voudrait pas se séparer de Georges; mais elle finit par comprendre qu'elle
et Flavia, en attirant davantage sur lui l'attention, pourraient compromettre et entraver
sa marche alors qu'il doit se hâter. La pauvre
enfant se décide, après maintes recommandations, à rester seule en arrière avec
Flavia.

Le passe-port devait permettre aux deux
femmes d'obtenir un sauf-conduit, et de
traverser les lignes ennemies pour se rendre
à Charleston. Elles ne se doutaient guère
des embarras sans nombre que, pendant
ce temps, Georges allait rencontrer. N'é-
tant porteur d'aucune pièce qui justifiât
de son identité et lui facilitât le voyage,
il dut éviter soigneusement tous les postes
militaires. A l'intérieur du pays ce fut
aisé, mais en approchant du théâtre de la
guerre les difficultés s'accrurent. A chaque
instant le *qui-vive* vint retentir à ses oreilles;
et il fut bientôt réduit aux expédients. Aussi
eut-il l'idée de s'habiller en colporteur et

de se munir d'une certaine quantité de gra-
vures représentant les chefs de l'armée du
Nord. Ce déguisement aida son passage à
travers les premières lignes et il gagna du
terrain.

Une fois cependant il faillit être pris.
Fatigué par une marche pénible de huit
heures, il s'était arrêté dans une mauvaise
auberge, non loin d'un camp. Là, harassé,
mourant de faim, il demanda à manger.
Quelques hommes étaient attablés dans cette
pièce donnant directement sur la route. Ils
parlaient assez bas, et Georges ne pouvait les
entendre, mais insensiblement leurs voix
s'élevèrent. Ils discutaient sur les belligé-
rants, sur les motifs de la guerre, puis, s'éri-
geant en juges, ils blâmaient hautement la
conduite du Sud. Le sang monta au visage
de Georges. Le groupe attablé s'en aperçut
et se mit à observer ce jeune colporteur. Le
ton de la conversation baissa un moment,
puis elle reprit de plus belle. L'un des indi-
vidus cherchait à défendre un peu l'attitude
du Sud, mais ne pouvait parvenir à calmer

les autres qui semblaient très exaltés, surtout le plus grand des trois, homme raide
et sec, à longue barbe noire.

— Guerre à tout homme, s'écria-t-il, qui,
de loin ou de près, appartient à cette race
indigne d'être américaine, à cette race qui,
sans foi ni loi, et sans souci de l'humanité, contraint l'esclave à lui servir de bête
de somme ; guerre au Sud, il faut que nous
forcions son dernier habitant à venir nous
demander grâce et merci.

Georges n'y tenant plus, se leva et sortit.

Il monta dans une chambre que lui dé-
signa une servante. C'était la seule pièce,
sans doute, dans cette petite auberge où l'on
pût coucher les voyageurs ; car, le long de
la muraille, sur trois côtés, des lits étaient
rangés. Après avoir exhalé sa colère en arpentant la chambre à grands pas, il se jeta
tout habillé sur un de ces lits.

Les hommes restés dans la salle basse
avaient remarqué et compris l'agitation de
l'étranger, et le plus exalté des trois dit aux
autres :

8

— C'est un Sudiste, bien sûr, c'est un Carolinien, et nous en aurons raison.

— Oui, oui..., reprit celui qui se montrait l'approbateur de toutes les paroles véhémentes adressées contre le Sud, c'est un espion.

— Avez-vous remarqué le paquet qu'il portait? reprit le premier; qu'est-ce que cela?

— Le voici... le voici..., il l'a oublié, répliqua le second.

Et en un instant, le paquet était ouvert.

— Ah! ce sont les portraits de nos généraux..., c'est pour le Sud..., c'est pour recommander plus particulièrement à la fureur de leurs soldats les visages de nos chefs... ah! il nous paiera sa trahison!

— Montons le chercher, dit l'un.

— Oui, reprit un autre, et qu'ici même il nous donne raison de ses actes, ou que, de par nous il paie de sa vie, s'il le faut, la trahison faite au Nord.

Et il se dirigeait vers la porte.

— Arrêtez!... Arrêtez, fit celui qui, deux

ou trois fois déjà, avait cherché à calmer
ses compagnons;... arrêtez, vous voyez bien
qu'ainsi vous allez manquer votre but. Sans
témoins, on nous accusera d'assassinat, et
puis cet homme n'est peut-être pas seul ici...
il nous faut agir avec prudence. Si vous m'en
croyez, allons au camp prévenir un officier
de ce qui se passe, et l'on viendra cerner et
fouiller la maison. De cette façon, on s'em-
parera de ces hommes, car, bien certainement, ils doivent être plusieurs.

— Tu as peut-être raison, dit à mi-voix
le grand homme à barbe noire, eh bien!
toi, reste là..., et au moindre bruit que tu
entendras, tiens, prends ce sifflet de longue
portée, et envoie l'alarme dans la direction
du camp, entends-tu?

Puis, suivi de son compagnon, celui-ci
sortit de l'auberge.

Quelques secondes plus tard, l'homme
resté en surveillance monta l'escalier à pas
de loup, et la bouche collée à la serrure :

— Hé! là-bas, monsieur le Carolinien,
ouvrez, je vous en prie, j'ai à vous parler.

— Que me veut-on? reprit Georges.

— Vite, ouvrez, il y va de votre vie... ne me le refusez pas.

Georges avait ouvert sa porte.

L'homme raconta ce qui venait de se passer. Il expliqua comment il avait réussi à éloigner ses compagnons; mais il ne lui cacha pas qu'ils allaient revenir en nombre.

— Il est encore temps... filez.... hâtez-vous.

Georges refusa.

— Non, non, dit-il, fièrement, je veux les laisser venir et leur répondre... Je leur prouverai que l'homme du Sud n'est pas encore réduit à venir leur demander grâce et merci! Si j'ai en ma possession les portraits de vos chefs, c'est que je me suis travesti en colporteur pour traverser vos lignes. Mais je suis du Sud... oui..., et je m'en glorifie...; allez me chercher vos compagnons que je le leur jette au visage avec mon mépris... allez...

— Non, non, je vous en prie, fuyez, monsieur, votre résistance n'aboutirait à rien... fuyez... votre mort isolée ne grandirait pas votre patrie d'une coudée... Monsieur, vous devez avoir une mère... une sœur... une femme... ou une fiancée...; au nom de ceux qui vous sont chers, et qui peut-être vous attendent pour les défendre, fuyez... fuyez vite...

Georges fut ébranlé par ces dernières paroles...; et, après un moment de silence :

— Tu as raison, avant que je tombe, ma patrie réclame encore mes services et mon bras; je vais voler vers elle, je vais courir au secours de ceux que j'aime.

Le Nordiste était descendu, et remontait avec un paquet d'habillements. En un clin d'œil, Georges eut changé de costume.

— Écoute, dit-il à son bienfaiteur inconnu, je m'appelle de la Jarnage, si jamais tu as besoin d'un homme du Sud..., demande-moi.

— De la Jarnage... de la Jarnage!... mais mon père a servi dix ans le vôtre, en qualité de régisseur, monsieur..., mais je suis né sur les terres de votre famille. Ah! monsieur,

8.

que je suis malheureux de voir s'allumer entre le sol qui m'a vu naître et le Nord, pays de ma famille, et dont je dépends, l'effroyable guerre qui commence. Mon père était John Burn... mais fuyez, fuyez... dans la direction de l'ouest... vite, hâtez-vous... partez...

Georges lui tendit la main. Et ce fut, sans doute, un des derniers témoignages sympathiques qui s'échangèrent, à ce moment, entre le Nord et le Sud.

Grâce à cet homme qui allait peut-être payer cher un élan de bonté, Georges, sous son nouveau déguisement, fut bientôt loin. Mais que de fois encore faillit-il être victime de l'exaspération des gens du Nord! Je passe sous silence les scènes émouvantes où sa fierté nationale, se réveillant en face des agressions de l'ennemi, il n'échappa à la mort que par la fuite et la ruse. Enfin il approchait, quand il apprit, par hasard, qu'une bataille allait se livrer. Combien il souhaitait y prendre part! Mais le bruit du canon, qu'il put entendre et qui guidait sa marche, lui brisait le cœur en lui indiquant qu'il n'arriverait pas à temps...

La bataille qui se livrait à Bull's Run, près de Manassas, avait été longtemps préparée par le Nord, et le Sud, au contraire, avait dû l'engager à l'improviste. Elle n'en porta pas moins un coup terrible à cette grosse armée qu'on organisait à grand renfort d'hommes, d'argent et de munitions.

C'était à la fin de juillet 1861. Les Nordistes et leurs chefs furent accablés de cette défaite, des pertes qu'elle entraînait, et surtout des espérances que la victoire allait donner au Sud. Le Nord avait décrété des levées d'hommes énormes. L'argent ne lui manquant pas, il les avait équipés, et les nourrissait de son mieux. Il espérait ainsi qu'avec de la discipline, il allait former en un clin d'œil une armée régulière, devant laquelle tout devait céder. Il avait compté sans les efforts du Sud, sans cette force morale, qu'un juste droit méconnu donnait aux Caroliniens, et qui, cette fois, inspira à leurs chefs la première marche en avant.

Ce que les décrets avaient fait dans le Nord, l'exaspération le produisit dans le Sud ; et bientôt tous les bras robustes disponibles furent au service du territoire menacé : Virginiens, Georgiens, habitants de l'Alabama, pionniers même du Texas, les riches planteurs comme les pauvres colons, vinrent se ranger sous les ordres des généraux Lee, Jackson, Johnstone, Stuart, Beauregard et Smith, qui commandèrent dans le Sud sur plusieurs points différents. Les brillants officiers de cette armée, sortis, pour la plupart, de l'école de West-Point, appartenaient presque tous, par leur naissance, aux États sudistes; aussi ayant au cœur le feu sacré de la patrie, ils l'imprimaient à leurs soldats dans des élans de courage impossibles à décrire.

Le général Jackson fut le héros de Bull's Run. Les troupes, sous son commandement, s'étaient précipitées et avaient surpris et attaqué l'ennemi à cet endroit. La valeur militaire de ce général s'était révélée dans cette bataille. Le courage, la fermeté qu'il

y montra, lui valurent le surnom de Stonewal (mur de pierre). Jusque-là il avait
eu la réputation d'une piété ardente, austère,
et qui semblait devoir étouffer les ardeurs
belliqueuses du soldat (1); mais la journée de
Bull's Run rendit à jamais immortel le nom
de Jackson dans la guerre de Sécession.

C'étaient les coups de canon de cette
journée mémorable que Georges, encore à
quelques lieues de là, venait d'entendre; et,
malgré tous ses efforts pour joindre à temps
l'armée qui s'avançait, il arriva trop tard...
Quand il entra à Bull's Run, la bataille était
gagnée depuis la veille. Il arrivait au milieu
des *hourras* que poussait tout un peuple en
délire.

Avant de poursuivre notre histoire, nous
devons rendre hommage au général Johnstone, dont le nom, hélas! ne reviendra plus
sous notre plume. C'était un de ces hommes
aux vertus patriotiques et guerrières sur

---

(1) Jackson était *ancien* d'une église presbytérienne.
Sa ferveur lui valait souvent la présidence des meetings
religieux.

lesquels l'armée comptait le plus. Les soldats, le sentant à leur tête, étaient sans
crainte sur l'issue des engagements. Blessé
grièvement par un éclat d'obus, dès le début
de la guerre, à la journée de Fair oaks (1),
on l'emporta du champ de bataille où sa
disparition causa, parmi les soldats, un
désordre qu'il n'appartînt qu'au général Lee
de calmer, en prenant le commandement en
chef.

Le général Lee est la grande figure du
Sud, dans cette guerre de Sécession. L'histoire se plaît à nous le montrer portant un
simple uniforme, sans aucune décoration,
surveillant, dirigeant, avec un coup d'œil
sûr, la marche et les progrès de l'action.
Monté sur son cheval gris, *Traveller*, celui
qu'il conserva tout le temps de la campagne,
il parcourait les rangs, donnant des ordres,
animant ses soldats par des paroles pleines
de courage et de bienveillance. Malgré ses
cinquante ans, il conservait une intrépidité,

(1) Nom que donne le Nord pour désigner cette bataille, les Sudistes l'appellent *Sevenpines*.

une ardeur militaire que ni revers ni souf-
france ne purent altérer. Il semblait que la
guerre eût rendu à cet homme héroïque la
vigueur de ses plus belles années. Sa haute
taille le désignait de loin au soldat, son
visage fin et doux le lui rendait sympathique, son regard pénétrant et énergique
lui donnait la confiance et l'espoir du succès.
C'était le chef qui entraîne et qui soutient.
L'ambition n'avait aucune prise sur cet
homme de devoir, dont les sentiments religieux et l'amour du pays dirigeaient toutes
les actions. En parlant de lui et du général
Jackson, il a été dit : « La toute-puissance
de Dieu avait fait ces deux hommes également grands, mais à un seul d'entre eux, il
avait accordé le don de le paraître (1). »

Contrairement à Lee, Jackson se tenait
courbé. Tout, dans son visage maigre, pâle,
osseux, semblait avoir perdu la vie; tout,
jusqu'à son œil hagard ou distrait qu'il promenait autour de lui. Et cependant, le

(1) *Hamner and Rapier.*

général a fait ses preuves. Lui aussi fut un héros entouré de prestige et de vénération. Le cheval efflanqué que Jackson montait et qu'il savait, dit-on, à peine manœuvrer, n'avait, pas plus que Traveller, peur de la poudre, et il semblait que la pauvre bête retrouvait quelque allure de jeunesse alors qu'après la bataille de Bull's Run un cri frénétique s'éleva dans les rangs : *Vivat Jackson ! Stonewal ! Jackson !...*

Trois Français, grands par le sang et par la valeur, venus dans le noble but de contribuer à l'affranchissement des nègres, prirent rang dans l'armée du Nord que commandait Mac Clellan. Le prince de Joinville (1), en rendant compte de cette guerre de Sécession, peint avec une précision et une justesse d'esprit admirables les différentes situations dans lesquelles se trouvèrent les deux armées ennemies. S'il y fait ressortir les succès que, par la suite, le Nord remporta sur le Sud, il parle aussi « de la panique, de l'effarement

(1) Campagne de Potomac (prince de Joinville).

et de la peur » qui, à plusieurs reprises,
mirent l'armée nordiste en déroute, de même
que Son Altesse rend hommage au courageux
patriotisme des soldats du Sud que les revers
n'ont pas abattus, mais qui grandissait au fur
et à mesure que se poursuivait la lutte gigantesque qu'il était appelé à soutenir.

Avant d'aller à la recherche des siens,
Georges désira parcourir le champ de bataille
sur lequel ses compatriotes venaient de rem-
porter une si glorieuse victoire. Il voulait
apprendre des témoins oculaires tous les
détails de ce combat, qui avait dû si fort
rabaisser l'orgueil de l'ennemi. A l'endroit
même où l'élan du Sud fut donné et main-
tenu avec la vigueur qui le fit triompher,
Georges aperçut le prince Napoléon-Jérôme,
qui, ayant obtenu un sauf-conduit des auto-
rités des deux partis, venait faire connaissance avec les généraux du Sud, et visiter
leurs camps.

Ce prince avait traversé les lignes, il put
juger de l'organisation de cette armée,

formée à l'improviste, et dans les rangs de laquelle nombre de vieillards et d'enfants s'étaient enrôlés et marchaient fermes et droits au milieu des jeunes hommes.

Tous ces combattants, la plupart brûlés par le soleil, sans chaussures, privés de tout, mais d'un indomptable courage, s'étaient élancés au cri de : *Vive le Sud!* et avaient remporté une victoire inespérée. Le prince rendit hommage aux chefs de cette armée, et eut des paroles flatteuses pour les soldats, qui auraient voulu pouvoir honorer en lui le sang du vainqueur de Marengo. Mais il ne pouvait s'établir qu'une sympathie apparente entre lui et les guerriers du Sud, dont toute la force reposait dans l'invincible enthousiasme pour leurs libertés locales, et dans la foi aux principes fortifiants de la famille et de la religion.

Ces héritiers des théories politiques de Georges Washington, qui ne croient à la prospérité des sociétés qu'autant qu'elles reposent sur l'usage des libertés et sur l'entier respect des convictions de chacun, ne prê-

tèrent qu'une oreille distraite aux paroles du
prince. L'instinct conservateur des chefs du
Sud ne pouvait accueillir ses éloges qu'avec
une froide réserve ; aussi le vit-on s'éloigner et gagner le Nord, dont les préoccupations essentiellement égalitaires et parfois
presque jacobines étaient plus en rapport
avec ses idées et devaient le faire accueillir
plus favorablement.

L'ivresse de la victoire pousse l'armée du
Sud à poursuivre sa marche en avant. Les
généraux qui la commandent se réunissent
en conseil, et décident qu'il faut profiter de
la frayeur causée à l'ennemi par sa défaite
de la veille. Ils arrêtent que, sans perdre de
temps, sans permettre au Nord de se rallier,
il faut marcher droit sur sa capitale. Mais
ils calculaient sans le président Jefferson
Davis. Cet homme sec et hautain, à figure
dure et impérieuse, consulté sur la détermination des généraux, opposa son *veto* à la
mesure qu'ils voulaient prendre. Son esprit
absolu, ses idées étroites en toutes choses,
qui furent si fatales au Sud, jetèrent dès le

début le désarroi. C'est lui qui arrêta cette marche sur Washington, pleine de chances en semblable moment. Le désespoir fut grand pour l'armée du Sud. La campagne allait être réduite à une simple guerre au jour le jour.

Cette résolution était d'autant plus déplorable, que le Nord, découragé par un échec qu'il était bien loin de prévoir, fut un instant près de faiblir. Il était persuadé que, supérieure par sa science militaire et l'unanimité de son élan, l'armée du Sud allait marcher à pas de géant et qu'aucune résistance ne l'arrêterait. Il s'apprêtait à battre en retraite et à livrer ainsi Washington sans combat; mais, grâce à des indiscrétions, peut-être calculées, le général en chef de l'armée du Nord se trouva renseigné sur le nombre relativement restreint des troupes sudistes, sur leur organisation insuffisante, enfin sur la situation du moment; il retourna ses batteries et commanda la marche en avant.

Au moment de quitter Bull's Run, Georges, cédant à un sentiment de compassion et peut-être à un instinct secret, voulut visiter les ambulances où se pouvaient trouver quelques-uns de ses jeunes amis d'autrefois. Beaucoup de victimes étaient là, soignées mais affreusement entassées, criant, souffrant, pleurant, et quelques-unes bien près de la mort.

Il allait s'arracher à ce déchirant spectacle, quand il aperçut dans une dernière salle plusieurs personnes groupées autour du chirurgien qui opérait sans doute un blessé. Il s'approcha mais ne put qu'entrevoir le patient.

— Souffrez-vous beaucoup? demandait le chirurgien.

Mais il n'obtenait aucune réponse.

— Il est sourd, major, dit un jeune officier, qui venait d'aider l'opérateur, n'attendez pas qu'il vous réponde.

Georges, à ces mots, n'hésita plus à se glisser dans le groupe, et quelle ne fut pas son émotion en reconnaissant son oncle. Il l'embrassa avec effusion, s'informant avec

inquiétude de l'état de sa blessure. M. de
Pilter avait été atteint à la jambe; il avait
perdu beaucoup de sang, mais la plaie n'offrait pas de gravité. Sachant qu'une rencontre
allait avoir lieu, ce généreux patriote n'avait
pu résister au désir de se joindre aux combattants. Bientôt au premier rang, l'œil sur
ses compagnons d'armes, il avait en tous
points suivi leurs mouvements et pris sa
bonne part à la fusillade meurtrière qui avait
infligé tant de pertes à l'ennemi. Mais, plus
exposé que tout autre par son âge et ses infirmités, il avait, au milieu de la mêlée, reçu
une balle dans la jambe. Le chirurgien venait de l'extraire et promettait une prompte
guérison. Georges put même, au bout de
quelque temps, faire transporter le blessé à
Charleston, et peu après à Summer-Cottage.

On conçoit aisément ce que cette rencontre de l'oncle et du neveu dut produire
sur chacun d'eux. Le vieillard, heureux et
fier, souriait à sa blessure que Georges regardait d'un œil mélancolique. Non seulement elle excitait sa pitié, et l'on eût dit qu'il

en était lui-même atteint, mais encore elle était pour le jeune homme une leçon et un exemple. Aussi tout son être frémissait-il à la pensée que bientôt il allait pouvoir mettre son courage et son ardeur à la défense de son pays, et devenir digne ainsi de son père adoptif.

L'arrivée de l'oncle, dont Georges escortait le brancard, produisit de vives émotions à Summer-Cottage, où Madeleine et Flavia venaient d'arriver elles-mêmes, non sans peine. Mais, Dieu merci, la joie du *revoir* tempéra ces émotions que Georges put calmer d'ailleurs en expliquant que le mal n'avait pas de gravité. La figure réjouie de l'oncle indiquait, du reste, que les souffrances n'étaient pas excessives, et confirmait les espérances mieux que tous les dires du chirurgien.

On ne se livra donc plus dès lors qu'à la douce satisfaction de se retrouver pour quelques heures réunis au même foyer. Sans les graves et cruels événements qui le ramenaient à Summer-Cottage, et les souvenirs

9.

d'un passé qui le remplissait d'émotions, Georges eût peut-être trouvé quelque charme à cette réunion. Mais il songeait à son père, il songeait à sa mère, aux tendresses dont sa sœur et lui avaient été entourés en ces lieux par des parents bien-aimés, et son cœur se déchirait. Puis la guerre n'était-elle pas là, presqu'à la porte de la maison paternelle ! terrible, cruellement engagée... Il fallait y courir ! Ah ! y courir, ce n'était pas ce qui torturait Georges ; au contraire, il brûlait de se jeter dans l'action, mais il ne pouvait considérer à froid, avec sa nature impressionnable, tout le bonheur du peuple sacrifié à plaisir. Les haines allumées blessaient sa générosité, puis par instant il songeait à Madeleine qu'une balle pouvait priver de son appui. Il songeait aussi à cet autre Summer-Cottage, où son cœur s'était si doucement attaché, et alors des désirs immenses le rattachaient à la vie. Le bonheur voulut ou, disons mieux, Dieu permit que, malgré les difficultés des communications, une lettre de France arrivât le lendemain. Sous la dictée de M. de Trévanon, qui ne pouvait écrire encore sans fatigue, Cécile envoyait de bonnes nouvelles de tous, et des encouragements, des témoignages de sympathie bien précieux pour les amis d'Amérique. Georges en tenant entre ses doigts ces feuilles écrites par la jeune fille, sentait son cœur bondir, et entrevoyait encore dans l'avenir des jours heureux, qu'il goûterait avec d'autant plus de bonheur qu'il aurait su les conquérir. La lettre achevée, il la porta à ses lèvres, et Madeleine lui dit avec bonté :

— Oui, embrasse-la, elle t'apporte le courage !

— Et l'espérance, ajouta Georges.

III

Les propriétés des la Jarnage étaient situées au bord de la rivière Ashley, à quelques lieues de Charleston. Dans une position
ravissante, et environnées de plantations en
plein rapport, d'une grande étendue, ces
terres et la riche habitation qu'elles entouraient, auraient pu éveiller bien des con-
voitises. Il semblait que leurs heureux propriétaires devaient y couler (sauf à l'époque
que nous traversons) des jours pleins de
sécurité et de bonheur ! Et cependant, c'était
de là que Mme de la Jarnage, triste et veuve,
avait pris un jour le chemin de la France ;
c'est là qu'aujourd'hui, tristes et orphelins,
ses enfants viennent de se réunir.

Georges se rendit au tombeau de son père,

dont le mausolée s'élevait dans une partie retirée du parc ; puis, après avoir confié le bon oncle aux soins de sa sœur et de Flavia, il retourna à Charleston où circulaient de sombres nouvelles.

En effet, huit navires de guerre s'étaient présentés aux abords du port de Charleston. On en prévoyait le blocus. Les Nordistes ne pouvaient avoir qu'un but : reprendre le fort Sumter qui commandait la ville, et qui était la clef de la Caroline du Sud. Le siège en fut organisé avec intelligence et ardeur. Bientôt trois autres navires vinrent se joindre aux huit premiers, et former une escadre de onze bâtiments de guerre.

Malgré les passes si dangereuses à cet endroit, et qui obligent à imprimer aux vaisseaux une direction en zigzags constants, afin de trouver assez d'eau pour naviguer; ils arrivèrent furtivement la nuit, et se rangèrent à peu de distance du fort Sumter. Evidemment, les Nordistes rêvaient le démantèlement et l'assaut de cette forteresse. Mais il fallait supporter son feu. Ils imagi-

nèrent d'entourer les flancs de leurs navires
de longues chaînes et de les garantir ainsi
en partie contre les boulets de l'ennemi.
Tout paraissait promettre aux assaillants un
succès certain et rapide.

Dès l'aube, en effet, l'escadre, sous l'habile commandement de l'amiral qui montait
le plus grand vaisseau nordiste (1), ouvrit
un feu effroyable contre les murailles du fort
du côté Nord. Les confédérés se doutaient
du mouvement; à la première salve des vaisseaux, le Sumter riposte. Placé dans l'angle
nord-ouest du fort, un canon de gros calibre
dominait l'escadre. Il lança tout à coup sur
le vaisseau *Amiral* un boulet explosible qui,
pénétrant dans l'intérieur du bâtiment, y
fit un horrible ravage, et l'on vit s'engloutir
en un instant l'équipage et le vaisseau!

Ce coup inattendu jeta une perturbation
inouïe sur les autres navires, et il s'ensuivit
une confusion inexprimable. Une circonstance cependant adoucit cette grande perte

(1) Le vaisseau *Amiral du Nord*.

pour les Nordistes. Un des vaisseaux s'étant
approché du lieu de la catastrophe aperçut,
au milieu des débris qui couvraient la mer,
deux hommes cramponnés à une épave.
C'étaient les seules victimes survivantes du
vaisseau *Amiral :* l'amiral et un matelot.
L'amiral avait été lancé du pont où il donnait des ordres et, aidé du matelot, il avait
pu s'accrocher à un mât brisé du bâtiment.
Cette nouvelle, communiquée à l'escadre
tout entière, ranima sa confiance, et elle se
sentit prête à tenter courageusement une
nouvelle attaque.

D'après les remarques de l'amiral, le
boulet destructeur, lancé contre le vaisseau
Amiral du Nord, avait dû porter sur un
endroit que ne protégaient point les chaînes,
car partout où elles avaient été suspendues
autour du bâtiment, les engins meurtriers
n'avaient pu jusque-là pénétrer : leurs coups
avaient été amortis. Instruit par cette expérience, on se hâta d'ajouter aux chaînes
déjà posées tout autour des navires tous
les objets de fer disponibles. C'est ainsi

ue dans cette guerre fut fait le premier
as vers le système des vaisseaux cuirassés
ui, plus tard, rendront tant de services,
t feront une si grande révolution dans la
cience maritime.

Revenus de leur première stupeur, les
ssaillants ne tardèrent pas à renouveler
'attaque. Mais les Sudistes, pleins d'ardeur
ussi et pleins de ruse dans leur défense,
vaient travaillé à la rendre terrible. Georges
rrivait lorsque, des rives de l'Ashley, s'ap-
rêtait à prendre le large, monté par douze
iommes résolus, un petit *bateau-cigare*. Ces
pateaux, qui firent merveille pendant toute
a période de la guerre de Sécession et dont
es journaux d'Europe ont beaucoup parlé à
cette époque, étaient ainsi nommés en raison
le leur forme. Ils étaient pourvus à l'arrière
l'une hélice, et à l'avant d'un éperon fort
illongé qui portait une torpille. Ces ba-
eaux possédaient une machine à vapeur
i l'intérieur; ils pouvaient rester et marcher sous l'eau pendant un certain temps
et ainsi s'approcher des navires sans être

vus. Alors, glissant sous le bâtiment ennemi, l'éperon devait aller porter dans ses
flancs, au-dessous de la ligne de flottaison
(là, où les chaînes ne le protégaient plus),
la torpille qui, un moment après, faisait
sauter le vaisseau et l'équipage.

Quant au petit bateau, son salut dépen-
dait uniquement de la promptitude avec
laquelle, une fois débarrassé de sa torpille, il fuyait le vaisseau qu'il venait de
condamner. Oubliant le danger et ne songeant qu'à l'importance du coup que pouvait porter à l'ennemi le petit bateau qu'on
lançait, Georges demanda à faire partie de
l'équipage, et pria un de leurs jeunes colons
d'aller prévenir à Summer-Cottage qu'on
n'eût pas à l'attendre; il lui recommanda
surtout de ne rien dire de ce qu'il avait vu.
Le garçon partit aussitôt, mais non sans
avoir entendu Georges solliciter de prendre
part à l'expédition du bateau-cigare, et
quand il alla remplir sa mission, il ne sut
se défendre des questions de Madeleine et
révéla tout. L'embarcation cependant se

rouvait au complet, et comme, par mesure
de prudence, on ne pouvait se charger d'un
homme de plus, ses offres ne purent être
acceptées : le cœur serré, Georges dut voir
s'éloigner la chétive embarcation qui emportait un si formidable engin destructeur.

Tant que le bateau-cigare put être aperçu
du rivage, Georges et la foule, anxieuse
comme lui, suivirent tous ses mouvements.
Ils le virent glisser sur les flots, puis tout
à coup disparaître. Il venait de plonger
sous l'eau et allait porter la mort à son
ennemi. Au bout de quelques minutes, en
effet, une effroyable détonation retentit, et
du haut du fort Sumter, ainsi que des bâtiments de l'escadre du Nord, chacun put
voir, soulevé en l'air, au-dessus de sa ligne
de flottaison, et au milieu de la fumée et
des flammes, un des plus gros navires de
l'escadre, qui s'enfonça immédiatement dans
les flots et ne reparut plus. Mais hélas! le
petit bateau-cigare qui venait de jeter de
nouveau le désarroi chez l'ennemi et d'af-
faiblir ses forces, le petit bateau aussi ne

reparut plus soit qu'il n'eût pu opérer son
mouvement de recul, soit qu'il ne l'eût
pas fait assez tôt. La mer garda pour elle
le secret de ce qui s'était passé, comme
elle garda longtemps aussi, enfouies dans
son sein, ces malheureuses victimes des
deux partis qui se faisaient la guerre.

Ce n'est qu'à la suite de recherches opé-
rées dans les eaux du fort Sumter, en 1869,
à l'emplacement où le navire avait péri,
que l'on retrouva le petit bateau-cigare,
sous la cale même du navire nordiste,
avec les douze squelettes encore dans ses
flancs.

IV

La nouvelle du départ de Georges, sur le petit bateau-cigare, portée à Summer-Cottage, jeta la crainte et l'émotion dans cette riche demeure. Madeleine n'y tint plus et voulut courir vers l'endroit du rivage d'où le bateau-cigare venait de s'éloigner. En route, elle rencontra plus d'un regard soucieux, et fut renseignée sur la disparition de la petite embarcation qu'avait dû monter son frère. On juge de ses angoisses, de sa douleur! Elle ne pouvait croire à un malheur semblable!

Quelle épouvantable torture! Pâle, haletante, le cœur battant à se rompre, le front couvert d'une sueur froide, les yeux hagards, cherchant toujours anxieusement son cher-

Georges et le réclamant aux marins interdits qui se tenaient sur la rive de Sullivan-Island, elle était comme folle. L'exaltation de la fièvre l'avait saisie à la nouvelle qu'elle était venue recueillir, et contre laquelle sa tendresse protestait.

— Où est-il, le bateau-cigare, où est-il?... demandait-elle, dites-moi... où est-il?

— Nous ne l'avons pas encore revu, hélas! disaient les uns, tandis que d'autres gardaient un silence bien aussi affreux en semblable cas.

Mais, tout à coup, du fond de la poitrine de Madeleine, sortit un cri perçant.

— Georges..., Georges..., mon frère... où es-tu?... Je veux un bateau..., donnez-moi un bateau... que j'aille le chercher... Georges..., Georges..., dis..., où es-tu? réponds-moi.

Et les mains levées vers le ciel, les yeux fixés sur les eaux, dont elle semblait vouloir scruter la profondeur, l'infortunée se livrait aux marques du plus violent désespoir, lorsque deux bras vigoureux s'élancent vers elle, l'étreignent et la tiennent quelques secondes embrassée : la sœur avait retrouvé son frère.

L'émotion avait été si forte pour Madeleine qu'elle faillit lui être subitement funeste. Georges fut obligé de la faire transporter et coucher à Charleston, où, durant toute cette journée, il la tint entre la vie et la mort. La fièvre tomba enfin, et tout danger fut écarté.

Mais le siège du Sumter continuait. D'heure en heure, Georges se faisait apporter des nouvelles. Il apprit ainsi qu'un des navires de l'escadre du nord avait manœuvré sous le feu du fort et était parvenu à se placer au pied de ses remparts. Prenant la forteresse en écharpe, il la battait à coups redoublés, sans avoir rien à craindre du gros canon qui avait été si funeste au vaisseau-amiral. Voyant cette manœuvre hardie, les Sudistes s'étaient aussitôt mis à l'œuvre pour modifier l'installation de la formidable pièce et donner à son tir une nouvelle direction. Mais pendant ce travail nécessairement long et pénible, bien qu'il

fût accompli avec la rage furieuse qu'inspire une lutte acharnée, un boulet, habilement lancé, vint frapper l'affût du canon et
lui faire de sérieuses avaries. Ce coup était
parti du vaisseau même qu'on voulait éloigner, et qui reprenait alors de plus belle sa
canonnade contre les murailles, avec l'in-
tention évidente d'y ouvrir une brèche.

Ces dernières nouvelles étaient désastreuses et jetaient la terreur dans les esprits.

Le jour baissait. L'émissaire de M. de la
Jarnage revint une dernière fois, et ce fut
pour annoncer que la brèche commencée
s'élargissait d'une manière inquiétante, et
que si le navire ennemi n'était délogé de
sa position, l'ouverture ne tarderait pas à
livrer passage pour le lendemain matin aux
troupes de l'escadre.

— Eh bien! que font donc les bateaux-
cigares?

— Mais, monsieur Georges, il n'y en a
plus, celui de ce matin n'est pas revenu et
les deux autres sont hors de service.

Georges tressaillit. La pensée du succès

de l'ennemi sur ses concitoyens, et de l'envahissement probable de cette partie du Sud, si chère à son cœur par le souvenir de sa famille, le mit à la torture ; mais après bien des calculs, il sembla tout à coup plus maître de lui ; une idée et avec elle un espoir avaient traversé son esprit, il s'y arrêtait.

Madeleine dormait paisiblement. Après la fièvre et l'agitation de la journée était venu un sommeil réparateur. Tout était calme dans la chambre. Ayant recommandé sa sœur aux attentions et aux soins d'une de ces saintes filles de la charité qui apparaissent sur tous les rivages, où les malheurs, la peste ou la guerre réclament leur dévouement, Georges envoya de la main vers Madeleine un baiser plein d'affection, et sortit.

Une heure après, à la faveur de la nuit, se détachait de la rive de Sullivan-Island une petite barque qui portait huit hommes robustes et résolus. Les rames, mises en mouvement avec un ensemble remarquable, faisaient rapidement glisser sur l'eau le frêle esquif. Un homme de haute taille se

tenait à l'avant et commandait l'expédition.
Il avait une torpille à ses pieds. A l'arrière,
un autre homme, moins grand, se tenait
également debout armé d'une carabine. La
barque s'avançait dans la direction du navire
de l'escadre qui travaillait avec une fiévreuse
activité à agrandir le brèche de la muraille.
L'ombre voilait la terre et les flots; sur la
rive, le calme, le repos de la nature et des
œuvres de Dieu. Contraste saisissant avec
l'activité dévorante du combat qui se livrait
autour du Sumter! La barque glissait, glissait toujours. Le bruit des rames était heureusement couvert par celui de l'incessante
canonnade du fort et du navire. L'ordre
avait été donné sur ce dernier d'éteindre
tous les feux.

Mais à la lueur de la lune, cette lumière
que Dieu seul a le pouvoir de faire briller
et d'éteindre et qui commençait à paraître,
la petite embarcation, qui n'était plus qu'à
deux cents mètres du navire, put se diriger
résolument vers lui. Elle s'avançait, en effet,
dans l'ombre projetée par le Sumter, tandis

que les pâles reflets de l'astre répandaient
sur le pont du navire assez de clarté pour
que de la barque on pût distinguer la sentinelle que se promenait à grands pas le long
du bord. Tout à coup celle-ci s'arrêta, un
léger bruit venait d'attirer son attention :

« Ramez vivement et droit sur le vaisseau », disait le jeune homme placé à l'avant
de la barque et que nous avons reconnu.
« Ramez vivement, allons !... courage faisait-il à mi-voix. »

Et, mus comme par un ressort, les bras
des rameurs activent leurs mouvements et
lancent la barque avec une rapidité vertigi-
neuse. La sentinelle, qui avait sans doute
entendu les paroles de Georges, crie immédiatement de *stoper ;* mais à peine son
ordre est-il lancé, que, de l'arrière du petit
bateau, part un coup de feu, et le soldat
nordiste s'affaisse pour ne plus se relever.

Attirés par la détonation, les soldats du
bord courent aux armes et font de nombreuses décharges dans la direction de l'ennemi invisible. Grâce à une protection pro-

videntielle, aucun des hommes qui montent
la petite barque n'est atteint par les projectiles, qu'ils entendent siffler autour d'eux,
et qui vont se perdre dans les flots.

Malgré la confusion qui se produit sur le
navire, les ordres ne discontinuent pas, et
celui de *stoper* est donné de nouveau. Georges l'a entendu. A ce moment quelqu'un
dont la vue eût pu percer l'obscurité de la
nuit, eût été saisi du sang-froid, du calme
de ce jeune homme, dont l'œil ardent suivait tout à la fois les mouvements ordonnés
sur le navire, et ceux qu'il faisait exécuter
lui-même à la petite barque.

— « Avancez toujours, dit-il tout bas à
ses compagnons. Allons… nous arrivons…

En effet, ils ne sont bientôt plus qu'à
quelques mètres du bâtiment ennemi. Georges alors se baisse, saisit la torpille, la
lance vigoureusement sur le navire… et fait
prendre une direction oblique à la barque
qui s'éloigne avec rapidité. Au même instant, une explosion épouvantable se fait
entendre, la masse du navire est ébranlée.

une voie d'eau est faite, et peu après tout
disparaît dans les flots...

La petite barque ayant éprouvé une violente secousse regagne cependant la terre
après avoir couru les plus grands dangers,
mais sans avoir perdu un seul homme.

Georges, l'expédition terminée, rentra à
Charleston, où la fièvre le saisit à son tour.
Il ne dit rien à Madeleine. L'émotion de la
nuit l'avait brisé. Les rôles du frère et de la
sœur furent changés le jour suivant, et Madeleine, un peu remise elle-même, soigna
Georges.

Le général Robert Lee apprit le fait de
guerre de la nuit précédente, et voulut en
féliciter le héros. Il lui expédia son aide de
camp. Georges fut touché et honoré de ce
témoignage, mais il semblait trouver tout
naturel l'acte de généreux patriotisme qu'il
venait d'accomplir. Quant à Madeleine, qui
ignorait tout, une fois l'officier supérieur
sorti, elle se jeta au cou de son frère, et lui
dit en l'embrassant :

— Que je suis fière d'être ta sœur, petit

frère! ô mes parents, que n'êtes-vous là pour
jouir avec moi du bonheur que j'éprouve!...
Cécile, chère Cécile, qu'il est digne d'affection celui qui vous aime; combien vous
l'aimeriez, s'il vous était donné de connaître
son héroïsme!

La nouvelle de l'événement était arrivée
à Summer-Cottage, avec le nom du commandant de la barque victorieuse. L'oncle
Charles, à peine remis de sa blessure de
Bull's-Run, se fit aider de Flavia, et se
transporta à Charleston. Il voulait embrasser
le sauveur du Sumter, son vaillant Georges,
qui faisait palpiter son cœur de joie et
d'orgueil.

Georges était au lit lorsqu'ils arrivèrent,
mais déjà l'intensité de la fièvre avait dimi-
nué, et il put répondre aux témoignages de
bonheur et de tendre admiration de son
oncle.

Flavia le regardait et pleurait, puis elle
le regardait encore et c'étaient de nouvelles
larmes; car plus que tout autre, elle avait
l'instinct maternel et le sentiment du dan-

ger que le fils des la Jarnage avait couru. Elle le voyait sauf...; mais elle mesurait l'abîme qui avait englouti les marins du *bateau-cigare*.

———

V

Au bout de quelques heures, toute cette famille regagna Summer-Cottage, où de toutes parts parvinrent à Georges des félicitations qui enthousiasmaient bien plus Madeleine et l'oncle que celui auquel elles s'adressaient. L'état de Georges exigea longtemps les soins de son entourage.

Madeleine écrivit à Cécile et ne cacha rien de ce qui s'était passé. Son cœur fraternel peignit les hauts faits de Georges et redit les éloges de ses chefs, avec toute l'émotion dont il était rempli, et elle ajoutait : « Pendant que mon frère était sous l'empire de la fièvre, il parlait sans cesse de notre chère France, de nos bons amis laissés là-bas, et votre nom, ma chère Cécile, est celui qui revenait le plus souvent sur ses lèvres. C'est peut-être de l'indiscrétion que je commets là, mais, vous le savez, j'ai la réputation de parler beaucoup, et de laisser ma plume suivre le courant de mes impressions et de mes rêves... »

Pendant que Georges était retenu par sa santé à Summer-Cottage, la lutte, au fort Sumter, se poursuivait avec acharnement.

Après le navire que Georges a fait sauter, un autre gros bâtiment de l'escadre s'est avancé pour prendre la place du premier, et continuer son œuvre de destruction. Mais, obligé de traverser des passes dangereuses, soit inexpérience, soit imprudence de son pilote, il vient échouer sur un bas-fond, semé de rochers. L'accident est aperçu de l'escadre, et aussitôt un bâtiment est lancé au secours des naufragés. Le vaisseau échoué prend courage en voyant venir à lui ce bâtiment sauveur, mais avant que ce dernier ait pu le rejoindre, le navire en détresse s'entr'ouvre et disparaît sous les flots, avec tout son équipage. Au même moment, le remorqueur reçoit du fort Sumter, qui a réussi à remonter le gros canon, un boulet qui le fait sombrer à son tour, à la grande joie des Sudistes.

Des onze bâtiments formant l'escadre du Nord, il n'en restait donc plus que six, sur lesquels le fort Sumter redoublait son feu. Le Sud venait de triompher et de forcer l'ennemi à la retraite (1).

A l'aurore suivante, un ordre de départ, émanant de l'amiral, circula sur les navires de guerre, ordre que l'escadre tout entière exécuta presque aussitôt. Une heure après, les dernières voiles avaient disparu dans la brume, et il ne restait plus un seul des bâtiments ennemis dans les eaux de Charleston. Si les hommes qui les montaient, si ces fiers marins du Nord étaient venus pleins de haine et d'ambition, ils emportaient de cette campagne, avec leurs espérances déçues, plus de rage que jamais contre le Sud,

(1) Malheureusement, les espérances qu'on concevait à ce moment-là, de ce côté de l'Amérique, devaient être bien trompeuses pour l'issue de cette terrible guerre.

qui venait d'infliger à leur pays des pertes si préjudiciables.

Charleston fut en fête à cette nouvelle. On arbora les drapeaux sudistes, on illumina, on pavoisa les maisons; les chants patriotiques et des cris de victoire résonnèrent de toutes parts. Il n'y eut pas un foyer qui ne voulût avoir ses réjouissances.

Pendant trois ou quatre mois, on n'eut rien à redouter de sérieux, comme attaque, dans cette partie de l'Amérique; la population eut bientôt néanmoins d'autres alarmes.

Les croiseurs du Nord s'étaient mis plus que jamais à donner la chasse aux bateaux de commerce, qui apportaient à Charleston les provisions de toutes sortes. Ils poussèrent l'audace jusqu'à entrer dans le port même, et se multiplièrent bientôt à tel point, qu'il devint impossible à tout marchand de quelque nationalité qu'il fût, de pénétrer dans ces parages.

On commença à manquer de vivres et de vêtements. Le riz devint la seule nourriture du plus grand nombre. Le sol généreux du pays avait, cette année, comme les années précédentes, donné ce produit en abondance; mais les hommes étaient pour la plupart dans les rangs de l'armée. Et les femmes, que cette absence obligeait à pourvoir à tout, ne pouvaient faire face aux travaux des plantations, comme il l'aurait fallu.

La récolte du riz se fit mal, et les provisions de cette précieuse denrée devinrent rares comme les autres.

Des épreuves si cruelles auraient, en bien des contrées, amené le découragement dans les esprits féminins, et leur auraient peut-être inspiré ces sentiments personnels qui font sacrifier l'intérêt du pays à l'intérêt particulier. Les tristesses patriotiques produisirent un tout autre effet chez les femmes de Charleston, et ne firent au contraire qu'accroître leur ardeur. Elles montrèrent une énergie et une intelligence admirables. Ces victimes d'une guerre civile, si longue et si sanglante, vivaient par le cœur avec leurs pères, leurs époux et leurs enfants qui combattaient. Elles s'attristaient des mau-

11

vaises nouvelles, elles s'extasiaient sur les
triomphes et, quand l'épreuve se levait pleine
d'appréhensions et semblait devoir démora-
liser l'armée, c'était du foyer que lui venait
un nouvel encouragement. Les cœurs tendres
et aimants des Caroliniennes se montraient
encore les plus forts pour la résistance.

Et cependant les douleurs de la femme,
pendant cette guerre, furent peut-être plus
vives que celles de l'homme. Dans l'activité
de la lutte, le soldat ressent surtout les
souffrances physiques. Une des plus cui-
santes au début fut pour lui la privation de
fumer; car ce besoin n'est pas moindre chez
l'Américain que celui de manger. Puis vinrent les privations de vêtements et de vivres,
qui ajoutèrent des tourments nouveaux à
l'épuisement causé par la fatigue et les blessures.

Les femmes apprenaient le douloureux
état de dénuement où se trouvaient leurs
chers défenseurs, et Dieu sait quelle douleur poignante elles éprouvaient de n'y pouvoir remédier.

Elles avaient réussi plusieurs fois dans les
premiers temps à leur faire parvenir quelques vêtements, mais tout maintenant était
épuisé. Il est cependant un secours qu'elles
envoyèrent, secours né de leur esprit in-
ventif et de leur cœur aux abois. Une souf-
france intolérable des soldats fut le manque
de chaussures. Leurs pieds étant déchirés et
ensanglantés, ils ne pouvaient supporter les
marches forcées de la campagne. Les femmes
se mirent à fabriquer des bottes de résistance
d'un nouveau genre, avec la peau souple et
solide de l'alligator.

L'alligator est un reptile de la famille des
crocodiles. Il a la tête étroite, les jambes
courtes mais très robustes, et les doigts des
pieds armés : ceux de devant de cinq griffes
crochues, puissantes, acérées, ceux de derrière de quatre seulement. Ces doigts sont
réunis entre eux par une membrane comme
le sont les pattes des palmipèdes. Les mâ-
choires des alligators sont garnies de dents
aiguës; la mâchoire inférieure se prolonge
jusque derrière le crâne, ce qui lui donne

une force énorme en lui fournissant un point
d'appui sur la partie du squelette qui soutient la poitrine. Le corps entier et la queue
sont recouverts d'écailles serrées qui rendent les mouvements de l'animal difficiles,
et l'obligent presque toujours à aller droit
devant lui, ou à se tourner dans l'eau tout
d'une pièce. L'alligator, qui vit dans cette
partie de l'Amérique, est inoffensif et doux,
contrairement à ceux du Nil et du Sénégal.
Il n'est pas agressif, et montre généralement
plus de crainte que de férocité.

C'est à la marée basse que se faisait la
chasse de ce monstre aquatique. En remon-
tant les rivières de l'Ashley et du Cooper,
soit en barque, soit à pied sur les bords,
les chasseurs trouvaient ces animaux couchés sur la rive que la mer venait d'abandonner, se chauffant au soleil. Armés de
carabines, ils s'en approchaient suffisam-
ment pour arriver à viser l'œil ou les alentours de la gorge, seules parties vulnérables
de l'alligator.

Ainsi, c'est grâce à cette chasse faite à

l'instigation des femmes, et à l'infatigable industrie à laquelle elles se livraient ensuite, que l'armée pût supporter de nouvelles marches sans trop de fatigue.

L'extrême misère, au milieu de laquelle les femmes du Sud vécurent elles-mêmes pendant cette terrible guerre, n'altéra en rien leur nature forte et courageuse. Il nous a été raconté que l'une des privations qui leur fut le plus sensible, était l'absence de lumière, dès que le soir arrivait. Le manque d'huile et de bougie les obligeait à agir à tâtons comme les aveugles, ou à se contenter de la faible lueur que pouvait donner un reste de feu dans le foyer, toujours peu ardent, car il fallait ménager aussi le combustible. Une bougie, un reste d'huile, était chose précieuse que l'on réservait pour les cas de maladie, ou de nécessité absolue.

Mais ni murmures, ni plaintes sur son sort, ne s'exhalaient du cœur de la femme; tous ses gémissements étaient pour ses soldats, et pour sa petite famille. Qui pourrait exprimer ses déchirements maternels lorsque plus tard, vers la fin de la guerre, les vivres manquant, elle commença à voir souffrir ses plus jeunes enfants, et dut entendre ce cri navrant : « Mère, j'ai faim ! » Quoique soumise aux mêmes tortures, la mère de famille poussa l'esprit de sacrifice et de dévouement, jusqu'à prélever sur sa ration de nourriture déjà si faible une part destinée à apaiser les pleurs et les cris que la faim faisait pousser autour d'elle.

Sous l'influence de deux des sentiments les plus forts de la nature : la tendresse maternelle et l'amour conjugal, les souffrances s'adoucissaient, les larmes se séchaient, et l'espoir revenait au cœur de chacun.

VI

Trois ou quatre mois se passèrent au milieu des angoisses que nous venons de décrire, tandis que la guerre poursuivait au loin ses ravages, avec son cortège de blessés, de morts, de flammes et de ruines. Puis, on vit de nouveau, dans les eaux qui baignent le rivage de Charleston, les navires du Nord, mais en plus grand nombre que la première fois. Au lieu de s'attaquer comme ils l'avaient fait précédemment au fort Sumter, ils essayèrent un débarquement non loin de là, sur les rives qui s'étendent à droite. Hors de la portée du canon, ils espéraient en ouvrant des parallèles, se rapprocher peu à peu du fort et de la ville. Leur stratégie réussit; et un matin Charleston se réveilla dans la stupeur, en apprenant qu'à la faveur de la nuit précédente, quelques milliers de Nordistes étaient débarqués. L'habitant du Sud, la rage au cœur, vit que, faute d'avoir gardé un point essentiel du rivage, il venait de laisser l'ennemi mettre le pied sur son sol. Les craintes redoublèrent dans la population, et surexcitèrent vivement les esprits. Les femmes désespérées cherchaient à protéger leur petite famille et leur intérieur contre l'envahisseur. Le peu d'hommes valides, restés à Charleston, se réunirent spontanément et se préparèrent à une lutte à outrance, car ils voulaient à tout prix déloger les nouveaux débarqués. Malheureusement, il leur fallait du temps pour s'organiser, pour se rallier, pour transmettre dans chaque quartier de la ville les ordres donnés par les chefs qu'ils s'étaient choisis, pour s'entendre sur la marche à suivre, et cela, sans attirer l'attention de l'ennemi. Les heures s'écoulaient pleines de travaux et d'apprêts, néanmoins l'on n'avait point encore engagé la lutte que le soir arrivait !

On était en automne. Le ciel demeurait blafard et sombre, le pâle soleil qui éclaira si tristement cette journée n'avait pu s'affranchir des nuages. Il y avait de l'électricité dans l'air, l'atmosphère était lourde. Soit qu'on élevât ses regards vers le ciel écrasant, soit qu'on les abaissât sur la terre inquiète, tout inspirait le chagrin et faisait présager quelque événement pénible. Une anxiété terrible pesait sur le cœur des habitants de Charleston.

Et cependant, au sein de cette ville en proie à la désolation, dans le quartier le plus reculé, des chants retentissaient. Un nègre était mort, et ceux de sa race, selon l'usage des noirs, dansaient et chantaient autour de son cercueil. Leur complainte funèbre semblait une berceuse qui devait endormir l'ami glacé. Les adieux et les regrets s'exprimaient bruyamment, tant par les rondes et les danses sans fin, que par les chants auxquels répondaient les échos. A cette habitude tapageuse du nègre d'exprimer son chagrin, paraît se mêler aussi une sorte de secrète joie de voir

11.

le bonheur de l'autre vie s'ouvrir pour celui qui n'est plus.

Au milieu du silence de la ville où l'on s'attendait à une attaque prochaine, où les esprits étaient en proie à une terreur invincible, où l'habitant était sous l'empire de tant de sentiments douloureux, les éclats bruyants de cette cérémonie, accompagnés de la part des nègres de sauts frénétiques, ne pouvaient qu'ajouter à la mélancolie et à la tristesse générale. Tout à coup, les chants cessent, uue lueur sinistre vient éclairer les noirs et brillants visages... et les cris : Au feu! au feu ! qui se font entendre, provoquent de toutes parts des exclamations d'effroi!

Un silence de mort succède à ces premières clameurs ; toute la population de Charleston retient son haleine pour prêter l'oreille à la voix retentissante du veilleur de nuit qui, du haut du clocher, ne tarde pas à descendre et à jeter de nouveau dans la ville ces mots pleins d'épouvante : *Au feu!*

Comprimant les battements de son cœur, l'habitant compte à haute voix les coups que

le veilleur frappe avec son marteau sur la
cloche de l'église de Saint-Michaël (1). Et
c'est ainsi que, selon l'usage du pays, la ville
entière apprend le lieu du sinistre. L'ennemi avait choisi le quartier de la gare pour
allumer l'incendie et assouvir ainsi sa haine
par un nouveau moyen. Il avait, d'après les
suppositions qui ont été faites, confié à un
nègre l'exécution de son projet.

Chacun court à l'appel venu du clocher,
chacun vole donner le secours réclamé.
Un magasin de bois tout entier brûlait. Les
progrès de l'incendie furent tels, dès le
début, qu'on ne put chercher à préserver le
voisinage du chantier. Celui qui avait mis
le feu avait calculé évidemment qu'il trouverait, à cet endroit, un aliment précieux
pour activer l'œuvre de destruction et la
propager, car, en moins d'un quart d'heure,
l'îlot de maisons qui environnaient le magasin
était atteint. Le vent qui soufflait hâtait la
marche du fléau, à un tel point qu'on ne put

(1) Temple principal des protestants à Charleston.

arrêter ni circonscrire les ravages de l'incendie dans cette partie de la cité.

Bientôt la fumée se répand sur toute la ville; puis se faisant jour à travers les nuages gris qu'elles ont formés, des flammes s'élèvent gigantesques. Leur sinistre lueur éclaire cette nuit horrible entre toutes, où les sanglots des vieillards, les cris des enfants et les prières de leurs mères qui les tiennent convulsivement embrassés, remplissent l'air et ajoutent à l'effroi général.

Le feu gagne la gare. Les pompes agissent sans porter remède au mal, et l'énergie des habitants, la bonne entente dans les secours, tout devient inutile. Dans la gare était emmagasinées de nombreuses tonnes de pétrole. Les habitants de la cité, malgré tout leur courage, ne peuvent enlever à temps ces dangereux approvisionnements et, dans la crainte de nouveaux malheurs, il faut éloiguer de force les hommes intrépides qui s'exposent inutilement.

Un bruit subit et épouvantable ne tarde pas à se faire entendre : les tonnes ont volé en éclats. Puis, semblable à un fleuve de feu, le liquide embrasé serpente, court, laissant sur son passage, aux murs qu'il a léchés, de petites lueurs bleues qui bientôt se changent en flammes et agrandissent le foyer.

De l'immense gare de Charleston, il ne restera bientôt plus que des débris fumants et calcinés.

Il semble que le ciel abandonne aux mains des méchants les éléments déchaînés : un vent impétueux s'élève et porte les flammes dans la direction du centre de la ville. Là, l'incendie devait aller se propageant à chaque seconde. Après avoir fait une trouée en consumant vingt maisons de front, il continue sa marche infernale, semant partout la destruction et les larmes !

Les maisons de Charleston sont d'un aspect fort élégant, mais d'une construction excessivement légère et inflammable. Quand le bois n'entre pas, comme dans les chalets de la Suisse, en totalité dans leur construction, il y est toujours en majeure partie, et se mêle à la brique d'une façon fort originale.

Presque toutes les habitations sont pourvues de balcons couverts ou de galeries en bois, soutenues les unes au-dessus des autres par des colonnettes qui les relient entre elles. Ces galeries légères et à formes gracieuses furent, dans cette triste nuit, d'un effet désastreux. Dès que le feu atteignait une des colonnes, les flammes s'engouffraient sous les galeries qu'elles dévoraient, et la maison était perdue.

La population tout entière luttait, mais bientôt repoussée, chassée par le fléau qui gagnait, gagnait toujours, elle dut se retrancher dans Meeting-Street, la grande et large rue qui partage la ville en deux. Elle abandonnait ainsi à la fureur des flammes une grande partie de la cité, ne pouvant plus la défendre. Une fois réunis sur un même point, forts en nombre, en courage et en vaillance, hommes, femmes, enfants, tous rivalisèrent de zèle, secondés par les pompes de la ville qui lançaient l'eau en jets continus sur les quartiers qu'on voulait protéger. Cette triste scène avait lieu entre

.rleston-Hotel et le Mill's-House. La four-
se de l'enfer n'éclaire pas d'une lumière
s tristement vive son lugubre séjour, que
flammes de cet incendie n'éclairaient,
e nuit-là, ce Charleston-Hotel, d'où l'on
it proclamé, on s'en souvient, la *sécession*
'indépendance, au milieu des vivats et
cris de joie! Qui eût pu prédire que cette
née aurait de pareilles conséquences!
ruines accumulées durant ces tristes
res gravaient à tout jamais dans le cœur
habitants de Charleston le souvenir des
geances de l'ennemi.
ne lutte gigantesque continue entre le
ı et les hommes résolus à le combattre.
out l'eau coule dans les rues, elle tombe
flots abondants sur les toitures des mai-
s et des édifices.
. la marche croissante du feu, au crépi-
ent des bois qui brûlent, aux craque-
ıts des murailles qui s'écroulent, aux
osions qui se multiplient de toutes parts,
canonnade des soldats nordistes mêle
ore son bruit saccadé et lugubre.

VII

Les rues s'encombrent de ballots, d'effets
de toutes sortes, que les malheureux habitants essaient de sauver de la destruction.
Pêle-mêle s'entassent les meubles somp-
tueux et les objets d'art, avec les ustensiles et
les grabats du pauvre; les vêtements de
velours et de soie et les hardes de la misère!
Puis d'immenses chars récoltent sans distinction de valeur, et vont porter en lieux
sûrs ces débris de luxe et de pauvreté qui
gisent à terre!

Les accidents se multiplient, les bras s'enlacent pour transporter mourants et blessés!
Plus d'un homme que la guerre n'avait pu
enrôler, soit en raison de son âge, soit à
cause de ses infirmités, va succomber sur
ce nouveau champ de bataille! Tous ceux

qui ont conservé un peu de force doivent
s'employer à la défense commune. On les
voit, n'écoutant que leur courage, s'élancer
avec une ardeur indicible : le désespoir
semble décupler leur énergie. Mais, hélas!
ils ont à combattre un ennemi contre lequel il n'est pas de résistance possible.
Beaucoup paient de la vie leur généreux
dévouement. Un faux pas les précipite dans
la fournaise; les poutres et les murailles
en s'écroulant en cernent d'autres, la fumée
suffit à asphyxier ceux qui s'avancent im-
prudemment... Le nombre des morts est
déjà grand, et le danger ne fait qu'augmenter!... Que de douleurs!... Que de larmes!... Que de cris!...

Ce sont de toutes parts des scènes na-
vrantes. Ici, c'est un père, qui cherche en
vain à arracher sa famille aux flammes! Là,
un vieillard, à genoux, qui demande à Dieu
de mourir avant d'avoir vu s'écrouler le toit
qui l'abritait avec les trois générations que
le Ciel lui avait accordées! Plus loin, une
adolescente, les mains jointes, accompagnant,

ın regard fiévreux, sur le toit d'une maison
ısine, son fiancé, lequel, la hache à la
ıin, voudrait faire au feu une part qui s'ac-
ıît toujours! Chaque fois que la fumée
cache à ses yeux, ou que les flammes,
lançant autour de lui, semblent devoir
dévorer, ce sont des cris déchirants de
part de la pauvre fille!

Mais quel drame émouvant se passe là-bas
ns cette habitation d'apparence modeste?
r la galerie extérieure, un enfant d'une
aine d'années pousse des cris de terreur.

feu est à la toiture, et les flammes éclai-
ıt le visage animé, les cheveux hérissés,
ı bras suppliants du pauvre petit qui crie :

— Au secours... au secours... maman est
ılade!

A une fenêtre fermée de la même maison,
ux autres têtes d'enfants sont apparues.
ıs jeunes que leur frère qui fait retentir
ir de ses appels réitérés, avec l'insou-
ınce et l'inexpérience de leur âge, ces
fants regardent au dehors, en souriant,
ı belles gerbes de feu qui s'élancent et

qui rappellent à l'un d'eux le feu d'artific
qu'il a vu à la dernière fête. Que leur joi
fait mal ! Heureux temps cependant, oi
l'ange gardien de notre enfance, pour nou
cacher les dangers, embellit les circons
tances de la vie les plus tristes et les plu
désastreuses !

— Au secours... au secours... criait tou
jours leur frère, en courant affolé sur l
galerie.

Au milieu de la bousculade générale, ui
homme a entendu son cri :

— Vite une échelle.

Et voilà que grimpant avec la rapidité d
l'éclair, Georges, car c'était lui, arrive e
veut prendre le cher enfant pour le descen
dre à terre.

— Non, pas moi... pas moi... d'abor
maman... maman qui ne peut pas mar
cher..., vite !..

Et précédant son sauveur, l'enfant court
traverse la galerie, puis une pièce, deu
pièces et le fait entrer chez sa mère. Pâle
maigre, n'ayant que le souffle, une jeun

mme était étendue sur son lit, où la
ouait une paralysie opiniâtre.

— Vite, madame, il faut fuir !

— Mes enfants, monsieur,... sauvez mes
1fants ! répondit une voix faible et trem-
lante d'émotion.

— Soyez tranquille, madame, nous avons
temps, fiez-vous à moi.

L'intensité du feu éclairait cette chambre,
ù respiraient presque côte à côte la mort
t la vie ! Les deux enfants que nous avons
perçus à cette fenêtre, ne commencent à
'émouvoir que lorsque les bras robustes de
Georges, enroulés autour du corps amaigri
le leur pauvre mère, l'emportent hors de la
hambre. Alors seulement l'émotion les
gagne.

— Maman !... maman !...

Et tout courant, les voilà qui suivent
celui dont ils n'ont pas compris l'acte généreux, et qu'ils regardent comme le voleur
le leur maman. Ils le poursuivent et arrivent
à la galerie au moment où le ravisseur descend l'échelle. Là, leurs cris redoublent.

— Maman !... maman !...

Et le plus âgé des deux, enfant de trois ans environ, se dispose déjà à prendre la voie que Georges a suivie, lorsque la main de son frère aîné le retient.

— Attends... François, dit-il on va venir te chercher... petit frère, attends.

Du bas de l'échelle, l'œil anxieux et les bras tendus pour porter secours à son neveu et aux malheureux incendiés, l'oncle Charles surveillait la pénible descente.

Les premières flammes de l'incendie de Charleston aperçues à Summer-Cottage avaient été, pour Georges, le signal d'un départ précipité. Chargé de porter au général Beauregard, alors dans les environs de Charleston, un ordre du général Lee qui l'avait attaché à sa personne depuis sa courageuse expédition, Georges, sa mission remplie, devait passer cette nuit-là sous le toit de sa famille avant de regagner l'armée; mais l'ennemi en avait décidé autrement. Après avoir expliqué le motif de son départ à M. de Pilter, en lui désignant le ciel de

eu qui éclairait la ville, Georges était parti
our apporter dans cette nuit d'horreur son
ontingent de secours et de dévouement.
l'oncle le suivit sans qu'il s'en aperçût.
Il était donc là, au bas de l'échelle, épiant
ous les mouvements de son neveu, prêt à
ui donner main forte.

Georges descendu, il s'élance à son tour
ers la galerie, pour sauver les enfants. Le
premier qu'il dépose à terre, c'est le petit
audacieux qui, sans l'opposition de son
rère, voulait descendre tout seul. Quand il
emonte pour prendre l'aîné, celui-ci n'a-
bercevant plus sa petite sœur, veut courir à
la recherche, l'appelle de toutes ses forces et
ve débat entre les bras de M. de Pilter. La
surdité de ce dernier l'empêche de comprendre ses réclamations, il n'avait pas d'ailleurs aperçu la petite fille; aussi, en dépit de
a résistance de l'enfant, il le saisit et l'emporte.

L'incendie continuait son œuvre de des-
ruction; déjà la toiture s'était en partie
effondée, et les vitres des fenêtres, volant

en éclat sous l'action de la chaleur, laissaient échapper des torrents de fumée et de flammes rougeâtres.

Georges a entendu et compris les cris de l'enfant, il a vu les yeux de la pauvre mère se remplir de larmes, ses traits se contracter et sa pâleur s'accentuer encore davantage, et, prompt comme l'éclair, il est de nouveau au haut de l'échelle. On le voit courir, voler à travers la galerie que le feu envahit déjà, puis, pénétrer dans une chambre, disparaître... revenir encore... mais hélas! il ne tient pas l'enfant! Il revoit l'œil plein d'angoisse de la pauvre paralytique, il entend les cris de terreur du frère qui redoublent, il sent leurs souffrances, et, sans calculer les dangers qu'il va courir, il s'élance de nouveau dans l'intérieur. La fumée le force à marcher en tâtonnant; mais, de tout ce qu'elle lui laisse de souffle il appelle la petite créature...; à la lueur des flammes qui se dressent sur sa route comme autant de barrières infranchissables, il va, il cherche, il court;... rien... rien... Tout à coup cependant, le feu augmentant d'intensité dans la chambre de la malade, il a cru voir à terre une jupe d'enfant. Il s'élance et s'empare de la pauvre petite fille immo- bile... L'innocente enfant avait fini par com- prendre le danger et elle était retournée au au lit abandonné de sa mère chercher sa poupée pour la soustraire aux flammes. Vic- time de son inexpérience, elle venait d'être étouffer par la fumée, lorsque Georges la trouva tenant, étrange instinct, cette poupée serrée convulsivement sur son cœur!...

Georges sort à la hâte de cette chambre embrasée avec son précieux fardeau. La voie par laquelle il est entré dans la maison n'est plus praticable. Au moment même où il va mettre le pied sur la galerie, les colonnes minées par le feu s'abîment de- vant lui, avec les poutres et les planches qu'elles ne peuvent plus supporter... L'oncle Charles, heureusement, a vu le danger que court son neveu. Aidé d'un généreux citoyen, il parvient à mettre l'échelle devant une des fenêtres que le feu n'a pas encore atteinte. Georges, qui ne connaît pas les lieux, cherche pendant un moment le chemin qui conduit à cette fenêtre, tenant étroitement embrassée la petite fille, toujours inerte. Enfin, il tient l'échelle, il en descend les échelons avec précipitation et court déposer l'enfant sur les genoux de de sa mère. Mais on s'efforce en vain de la rappeler à la vie, l'asphyxie avait été complète!... C'était plus qu'il n'en fallait pour épuiser le peu de souffle qui retenait la malheureuse paralytique à la terre... Après avoir embrassé avec toute l'effusion de sa tendresse son trésor bien-aimé retrouvé, cette mère sentit passer sur son front le froid glacial qui commençait à raidir les membres du pauvre petit corps; ses yeux en se fixant anxieusement sur ceux de sa fille, qui ne s'ouvraient plus, se fermèrent à leur tour; les battements du cœur de l'enfant qui ne purent reprendre arrêtèrent ceux de la mère! Celle-ci avait retrouvé sa fille, mais il fallait que la fille retrouvât sa mère, Dieu leur voulut les mê-

mes joies célestes, et la même heure, en les
réunissant, les leur donna!

Alors, à travers les rues praticables de
cette ville en feu, passa, porté par M. de
Pilter et Georges, un brancard qu'escor-
taient deux pauvres enfants. C'était la mère
et la fille qui allaient attendre sous le toit
hospitalier des sœurs de la Mercy le moment
où on les porterait en lieu saint. Les petits
garçons, la main dans la main, pleuraient,
sanglotaient et faisaient entendre des appels
déchirants à leur mère et à leur père ! Hélas!
l'une venait de mourir, et l'autre était à
l'armée!...

Madeleine et sa nourrice, dont les événements avaient élevé le courage et surexcité les forces, étaient accourues à leur
tour à l'incendie. Elles voulaient secourir,
elles voulaient surtout retrouver Georges
et l'oncle; et c'est dans le moment où ils
s'éloignaient du centre du sinistre pour
mettre à l'abri les enfants de la paralytique,
qu'ils furent rejoints par les deux femmes.
En vain s'efforcèrent-elles de les entraîner

loin de la fournaise qui s'étendait toujours.
Une détonation épouvantable vint à se faire
entendre du côté des travailleurs, M. de
Pilter et Georges y coururent. Madeleine,
ne pouvant se décider à les laisser seuls
au danger, les suivit avec sa fidèle Flavia.

L'ennemi, au mépris de toutes les lois de
l'humanité, envoyait une pluie de bombes
sur la partie de la ville où le feu était plus
intense ; une de ces bombes était tombée
dans la cheminée de la plus forte pompe
à vapeur, et, en éclatant, avait déterminé
l'explosion de la chaudière ; il en était ré-
sulté une panique générale, qui avait dis-
persé tout le monde.

A ce moment, il eût semblé que le feu
voulait profiter de la déroute ; car, en re-
doublant de violence, il entoura bientôt de
tous côtés, mais sans la détruire, la métropole protestante de Saint-Michaël, du haut
de laquelle, quelques heures auparavant, le
veilleur de nuit avait jeté l'alarme. Peu
après, un cri s'éleva, répété avec douleur
par des milliers de poitrines : — « Le feu

à la cathédrale catholique! » — Tous les
catholiques que renferme la ville, parmi
lesquels les Irlandais sont en majorité, se
sentent atteints, et spontanément hommes
et femmes se précipitent du côté de leur
église! Ils voudraient faire un rempart de
leurs corps à la maison de Dieu! Georges
est à leur tête, défendant avec l'énergie du
désespoir ce lieu béni entre tous! Son ardeur électrise ceux qui l'entourent et le
secondent; mais hélas! l'eau commence à
manquer et il est impossible de se procurer
des pompes. Elles sont toutes occupées dans
les divers quartiers incendiés. Madeleine et
Flavia sont là, mêlant leurs efforts à ceux
de la foule. La jeune fille ne perd pas son
frère un seul instant des yeux, suppliant
Dieu de protéger des jours qui lui semblent mille fois plus chers depuis qu'ils sont
si exposés.

Sortant du bas de l'église, où il a pris
naissance, le feu s'élance par les longues
fenêtres, monte, monte toujours, et enveloppe bientôt d'un vêtement de flammes

12.

l'édifice entier. Le digne et vénérable évêque, Mgr Lynch, qui, depuis le commencement de l'incendie, s'était tenu au premier
rang des travailleurs et les encourageait,
Mgr Lynch fut obligé de modérer l'ardeur
de ses ouailles à protéger la cathédrale ; leur
dévouement et leurs efforts devant être im-
puissants !

Au milieu de la désolation générale, alors
que de toutes les ouvertures du pieux asile
sortaient des torrents de flammes et de
fumée, une femme, jeune encore, debout,
l'œil hagard, les cheveux en désordre, regardait joyeuse et riait aux progrès de l'incendie.

— Il revient... il revient... tenez, voyez-le
voyez-le, là-bas... John... John !...

Et la pauvre folle riait, et frappait des
mains en signe de joie. La gaieté sinistre de
cette malheureuse créature ajoutait à la
consternation et à la douleur des travailleurs.

— Voyez, dit-elle enfin. Voyez, là-haut,
le beau drapeau qu'il porte... mon John...

ohn!... viens... apporte-le... viens mon-
rer que tu as su le garder intact.

Et son doigt désigne la flamme qui, ayant
tteint le haut de la flèche (1), se déploie
t s'agite sous l'action du vent.

Frappées par les débris de l'incendie, les
loches rendent des sons lugubres qui sem-
)lent annoncer l'agonie du monument de la
)rière! A ces tintements jetés pour la der-
iière fois du haut du clocher aimé, bien des
;enoux fléchissent, bien des mains s'élèvent
vers le ciel pour demander merci au Dieu
le miséricorde qui, cette nuit-là, frappait
ion peuple à coups redoublés! Des cris, des
)leurs accompagnèrent les derniers soupirs
le ces voix d'airain, devenues discordantes,
alors qu'entraînées par la chute du clocher,
elles tombèrent avec lui. La voûte de bois
et la toiture qui la recouvrait, tout s'ébranla
et s'enfonça bientôt dans l'église avec un
bruit terrible. Puis, la flamme s'échappa au
dehors avec une nouvelle furie.

(1) La flèche n'existait que depuis trois ans.

A ce moment, la folle s'élance et, avec un rire effrayant, elle va se précipiter dans les flammes, lorsque Madeleine et Flavia qui, depuis un moment, surveillaient ses mouvements, l'enlacent dans leurs bras et l'arrêtent! Pauvre insensée! elle croyait avoir retrouvé son John et depuis trois jours il était mort à la guerre. La nouvelle qui en était arrivée le matin à Charleston avait fait perdre la raison à la veuve du porte-drapeau. Madeleine et Flavia l'entraînent loin de ces scènes d'horreur et de destruction qui achèvent de l'égarer.

Devant les ruines fumantes de la cathédrale, le vénérable évêque relevait les courages, et sa main pastorale s'étendait de tous côtés pour bénir mourants et blessés. Il avait des paroles d'affection et de pitié pour tous. Son cœur généreux et paternel trouvait des consolations à donner à chacun, et ranimait l'ardeur des travailleurs en réveillant leur foi et leur espérance en Dieu!

Le feu cependant s'étend toujours et longeant, sans l'atteindre, la maison du des-

ndant d'un huguenot, François Manigault;
se déploie dans Broad-Street et va gagner, à
avers Legare-Street (1), tout le pâté de mains qui sépare Meeting-Street de l'Ashley.
à, il s'arrête, faute d'aliments. Il avait,
urant ces funestes heures, détruit plus d'un
ers de la cité.

Quant aux quartiers du bas de la ville, où
feu n'avait pu exercer ses ravages, les
ombes ennemies n'avaient cessé d'y pleu-
oir toute la nuit.

(1) Nom donné en souvenir d'une autre famille hu-
uenote, d'origine française.

VIII

Que de cruels contrastes souvent ici-bas! Tandis que la guerre déchire un pays, tandis que la famine en décime un autre, les continents voisins, que dis-je, les peuples limitrophes, s'enveloppant dans la toge de leur neutralité, assistent impassibles à ce spectacle et se contentent de lire dans les feuilles publiques la statistique des morts. Est-ce cruauté ou scepticisme? Non, c'est oubli, légèreté; entraînés par le courant de la vie, nous n'osons nous arrêter aux deuils d'autrui, de peur de voir sombrer le peu de joie que nous avons ici-bas.

De tous les pays la France est peut-être celui qu'on peut accuser le moins d'égoïsme national; tous les sols du monde, où se sont

débattues de nobles causes ont bu son sang.
Aussi, assistait-elle avec une angoisse douloureuse aux déchaînements de colère et de
haine qui poussaient l'Amérique du Nord et
l'Amérique du Sud l'une contre l'autre. Mais
parmi tous les cœurs qui, de nos rives, suivaient les péripéties de l'effroyable duel
américain, ceux des habitants de Brevannes
étaient incontestablement les plus émus. Il y
avait un abîme entre ce château qui n'était
troublé que par les cavalcades des Parisiens,
envahissant le dimanche les promenades
environnantes, et la maison paternelle des
jeunes La Jarnage menacée par tant de
maux! Et pourtant, dans cette charmante
oasis des environs de Paris, on vivait plus
en Amérique qu'en France. Au moment où
nous y pénétrons, M. de Trévanon est encore
assis dans ce grand fauteuil, où la paralysie
semblait devoir le clouer pour la fin de ses
jours, quand Georges l'aborda pour la première fois. Mais quel changement dans tout
son être! Son regard a repris sa vivacité
d'autrefois; son beau front, encadré par la

blanche chevelure qui descend sur ses
épaules, s'illumine aux caressants propos de
ses enfants d'adoption ; il puise au contact
de leur jeunesse et de leur joie un désir de
vivre qui ranime ses membres et leur rend
insensiblement la souplesse et la vigueur.
Une lettre que Cécile vient de lui remettre
absorbe son attention ; mais, visiblement
impressionné lui-même, il cherche, tout en
parcourant les lignes, le regard de Cécile. Il
semble qu'il veuille pénétrer les sentiments
qui faisaient trembler la main de la jeune
fille, en lui remettant la missive de Madeleine de la Jarnage. C'est en effet d'Amérique
et des chers amis en danger que vient la
lettre. Cécile l'a lue, l'émotion l'a gagnée
tout entière, mais elle évite l'interrogation
silencieuse de son oncle. Elle ne saurait,
elle ne pourrait, même à lui, confier les
angoisses et les joies qu'elle ne perçoit
encore elle-même qu'à la grande confusion
de son cœur. Elle s'est assise à quelques pas
de M. de Trévanon et elle a pris son ouvrage.
A travers les timidités de l'enfant se glissent

13

instinctivement des audaces et d'innocentes
ruses. Alors que son oncle cherche à découvrir sa pensée, elle veut connaître avant
tout l'impression que les récits de Madeleine
sur la belle conduite de Georges, au fort
Sumter, ont produite dans l'esprit du vieillard. Elle incline la tête sur une tapisserie
qui n'avance pas. Sa main, restée tremblante, ne saurait diriger l'aiguille. Parfois
quelques exclamations du lecteur arrivant
jusqu'à Cécile, elle tâche de les interpréter;
car, pour elle, son cœur est si touché de
toutes ces nouvelles que, dans le silence,
il les repasse une à une.

La lettre est achevée. M. de Trévanon
vient de la rendre à Cécile, et, attachant sur
cette dernière un regard tendrement paternel :

— La belle conduite de Georges ne m'é-
tonne pas, ses actions sont dignes de son
cœur et de son patriotisme, n'est-il pas
vrai?

— Oh! oui, dit Cécile avec vivacité, tandis
qu'une légère rougeur monte à ses joues.

— Mais que de dangers ne court-il pas en s'exposant ainsi! ajouta l'oncle.

Une expression de terreur se traduisit sur les traits de la jeune fille, et un long soupir s'échappa de sa poitrine.

— Dieu épargne plutôt les hommes trop courageux que les lâches, reprit l'oncle qui s'était aperçu de la vive inquiétude de Cécile à ses dernières paroles; M. Georges de la Jarnage traversera les balles ennemies. Oh! combien je te souhaiterais dans l'avenir un mari qui eût des sentiments tels que les siens, combien je quitterais cette terre, rassuré sur ton sort, si je savais ton bonheur entre les mains d'un pareil homme!

Cécile leva un regard limpide et doux vers M. de Trévanon. Il put y lire les reflets d'une joie indicible et l'expression de sentiments qu'elle avait tenus secrets jusque-là : l'oncle la remercia de sa confiance par un baiser.

— Oui, ma fille, Georges avait conquis notre reconnaissance et notre amitié par son dévouement à vos intérêts; aujourd'hui son

dévouement à son pays lui conquiert nos
cœurs. Que Dieu le protège et qu'il nous le
rende !

Les sentiments et les craintes de Cécile
à l'égard de Georges excédant ses forces,
elle se jeta dans les bras de son oncle. La
longue étreinte du vieillard lui permit de
mesurer non seulement l'appui qu'elle avait
dans ce cœur, mais encore combien était
autorisé l'aveu de tendresse qui venait d'é-
chapper à son émotion.

Le lendemain, à l'heure du déjeuner, se
réunissaient à Brevannes quelques amis de
la famille de Trévanon. Cécile apporta à cette
réunion l'amabilité et la grâce exquise qui
lui étaient habituelles, mais l'entrain qu'elle
témoignait ordinairement était tombé. Aucune conversation ne pouvait l'égayer ; un
nuage mystérieux enveloppait son intelligence et l'empêchait de prendre part à ce
qui se passait autour d'elle. L'esprit de Cécile, en effet, était au loin. Il voyageait vers
des pays, inconnus pour elle, mais auxquels
son cœur s'était doucement habitué. Aussi,

vers le milieu du jour, après le départ des
visiteurs, éprouvant le besoin de secouer la
contrainte dans laquelle elle se tenait depuis
plusieurs heures, elle alla s'asseoir au fond
du parc, dans un endroit solitaire, où, seule
à seule avec elle-même, elle était libre de
penser et de se souvenir.

Le temps était lourd et orageux. Les
nuages s'épaississaient rapidement à l'horizon, le feuillage s'agitait sous l'action du
vent qui venait de s'élever. Cécile, dont
l'imagination mélancolique subissait l'influence de la nature, se trouva bientôt dans
une étrange situation d'esprit. Elle prit la
lettre de Madeleine, et la relut encore.   .

.   .   .   .

.   .   .   .

Un morne silence s'était fait. Les oiseaux
regagnaient leurs nids; le vent d'orage, qui
tout à l'heure soufflait avec violence et ba-
layait la cime des arbres, s'interrompit sou-
dainement; l'écho de la forêt voisine parut
s'endormir : c'était le calme plat qui précède
les assauts furieux de la tempête.

Brusquement, presqu'au dessus de la tête de la jeune rêveuse, le tonnerre gronda. A ses roulements sourds, à ses éclats saccadés, Cécile crut entendre le canon retentir. Le bruit des rafales qui recommencèrent à se déchaîner et dont le souffle impétueux soulevait des tourbillons de feuilles jaunes ou flétries arrachées aux arbres, lui semblèrent les mouvements de deux armées en présence; les éclairs qui jaillirent de l'obscure nuée prirent dans son esprit les lueurs sinistres d'un combat.

Les arbres se heurtant, se brisant dans des chocs épouvantables, enveloppèrent Cécile de leurs débris et la pénétrèrent d'épouvante. Tout son être était frissonnant, quand un immense éclair illumina toute la contrée. Sous le fracas de la foudre qui le suivit presque aussitôt, l'enfant affolée se jeta à genoux en s'écriant :

— Mon Dieu! mon Dieu! Protégez-le!

Son cri la rappela à la réalité; elle eut presque honte d'elle-même. Dans la crainte d'avoir été entendue, elle tourna la tête, et quel ne fut pas son étonnement de se trouver en face de son oncle.

— Que pensez-vous de moi, mon cher oncle? s'écria-t-elle en s'abritant près de lui.

Et des pleurs abondants s'échappèrent de ses yeux et soulagèrent son cœur oppressé. L'oncle la soutint doucement, mais ne lui dit rien.

Tous deux rentrèrent au château.

Le soir, un soleil couchant splendide illuminait l'horizon. M. de Trévanon proposa à Cécile une promenade dans le parc. Il avait attendu que le calme fût rentré dans la nature, pour chercher à le faire pénétrer également dans l'âme sensible et impressionnée de sa nièce.

La pluie abondante, qui avait fini par tomber, avait agréablement rafraîchi l'atmosphère. L'immense rideau des grands bois de Montmorency semblait avoir foncé son feuillage et lui avoir fait une toilette neuve. L'air était tout vivant d'oiseaux et d'insectes; des chants et des bourdonnements sortaient des arbres et des prairies.

Des parfums s'échappaient de la vallée,
où les récoltes, un moment renversées par
les torrents d'eau, relevaient leurs tiges et s'in-
corporaient la fraîcheur d'une nouvelle sève.
Les chênes centenaires du parc de Brevannes
secouaient de temps à autre leurs branches
massives et touffues, comme pour laisser
parvenir jusqu'aux générations d'arbres
qui les entouraient quelques-uns des derniers rayons qui empourpraient leurs têtes.
La rivière qui bordait cette propriété prin-
cière promenait ses eaux grossies par l'orage.
Le ciel reprenait peu à peu sa limpidité, tandis que sur des nuages en fuite s'étageaient
les vives couleurs d'un arc-en-ciel.

M. de Trévanon le montrant à Cécile :

— Vois, lui dit-il, l'arc-en-ciel vient
après l'orage ; ainsi viendra ton bonheur
après les tourments. Le tonnerre, les éclairs,
la foudre, qui ont si vivement impressionné
ton imagination, ont disparu, et la nature a
repris sa beauté. Qu'il en soit bientôt ainsi
pour ton cœur, mon enfant. Ne tarde pas à

répondre à Madeleine, cela te soulagera, et moi, j'écrirai à Georges.

Deux jours après partait pour Summer-Cottage une volumineuse lettre de Montmorency. Au milieu des éloges que Cécile émue adressait à Madeleine sur la conduite de Georges, quelques mots de crainte, quelques conseils de prudence lui étaient échappés. Quant à M. de Trévanon, ses félicitations avaient pris un caractère si paternel et si affectueux, que le jeune homme en fut profondément touché.

L'oncle Charles avait parcouru les deux missives. Il avait vu le regard brûlant de Georges dévorant les pages; il avait vu des larmes venir briller au bord de sa paupière : il prit sa tablette.

— Georges, ton cœur est ému, écrivit-il. Je vois dans tes yeux les impressions qu'il ressent. Ton père adoptif saura les comprendre et adresser des vœux au Ciel pour la réalisation de tes espérances et de tes rêves.

— Mes espérances... mes rêves... mais,

13.

mon oncle, si je n'allais pas revenir de cette guerre ?...

D'une main ferme et en gros caractères l'oncle répondit :

— Tu reviendras !

Ces mots produisirent sur Georges un effet saisissant... N'étaient-ce pas ceux qu'il avait cru entendre sortir de la tombe de sa mère bien-aimée, la veille de son départ de France ! N'était-ce pas sous leur impression que ses forces et son courage s'étaient ranimés alors !... Cette fois encore ils pénétrèrent Georges d'une espérance et d'une ardeur nouvelles. « Tu reviendras ! » Sa mère, à son lit de mort, n'avait-elle pas dit à ses enfants :

— Vous retrouverez toute votre mère dans l'âme de mon frère.

Il sembla à Georges que les mots qu'il isait venaient du Ciel et que sa mère avait conduit la main qui les avait tracés.

———

IX

Tandis que, du lointain pays de France, de si précieuses sympathies et de secrètes prières accompagnaient Georges, il avait dû quitter Charleston à demi consumé, et aller reprendre son poste auprès du général Lee.

Madeleine, rentrée à Summer-Cottage, eut le cœur brisé au départ de son frère, mais elle n'eut garde de le lui montrer, tant elle comprenait le devoir qu'avait à remplir dans la lutte engagée le fils des la Jarnage. Elle avait ramené à leur habitation la folle de l'incendie, et, avec Flavia, elle entourait cette malheureuse victime de la guerre de soins dévoués. L'oncle resta à Summer-Cottage, où il devenait dès lors le seul gardien de sa nièce et des propriétés de ses enfants adoptifs. Son infirmité ne lui permettant pas d'entendre le bruit que faisait la mitraille à Charleston, et tenu prudemment par Madeleine dans l'ignorance de ce qui se passait à la ville, il ne put apprendre qu'un débarquement avait eu lieu et qu'une bataille sanglante se livrait sur une des îles voisines, le second jour après l'incendie.

La population de Charleston, qui avait tant souffert déjà de toutes les douleurs causées par la guerre civile et par la guerre étrangère, avait senti ses rancunes contre le Nord se rallumer au contact de sa ville embrasée, et des vœux ardents de vengeance s'exhalaient de chaque poitrine. Aussi vit-on ces malheureux, ruinés et à peine vêtus, se jeter tête baissée contre les Nordistes et leur enlever, un à un, les travaux d'attaque commencés contre eux. Les Nordistes avaient mis un régiment de nègres affranchis au premier rang et lui faisaient occuper ainsi les positions les plus exposées. Les Sudistes le détruisirent presque jusqu'au

lernier homme, et les victimes furent en-
errées dans les fossés creusés par l'ennemi
)our se fortifier. Devant l'impétuosité et la
·age qui donnaient une force irrésistible
ιux combattants du Sud, les Nordistes n'eu-
·ent plus qu'à fuir, emportant la conviction
que le fort Sumter était imprenable, et ils
ie réfugièrent à bord de l'escadre qui les
ιvait débarqués. Mais que de blessés parmi
ιeurs vainqueurs! Que de misères après leur
passage!

Summer-Cottage ouvrit ses portes à tous
les malheureux qui venaient y frapper. Là,
sous la forme d'une jeune fille simple et
belle, la charité chrétienne répandait ses
bienfaits. L'habitation avait été disposée par
ses possesseurs de façon que les secours de
toute nature pussent y être donnés.

Dans une vaste cuisine formant sous-sol,
ɔn avait installé de longues tables et des
bancs, où venaient prendre place, à chaque
instant, de nombreux affamés. Alors, d'une
énorme marmite qu'on entretenait pleine à
toute heure, mais dans laquelle, vu les tristes

circonstances, le bœuf n'était plus que rarement l'élément principal, Madeleine versait à chacun une ration de soupe réconfortante. Remplie d'égards pour la vieillesse, qu'elle assistait toujours la première, elle se plaisait aussi à prendre sur ses genoux les tout jeunes enfants, qui tendaient leurs petites bouches, comme les oiseaux des nids abandonnés. Les caressantes intentions de Mlle de la Jarnage ôtaient aux plus timides leurs airs effarouchés, et ils n'étaient pas venus une fois à Summer-Cottage, sans que, au voyage suivant, ils accourussent bien vite vers la bonne demoiselle. Tous la regardaient comme la fée bienfaisante du pays.

Quelquefois cependant elle dut renoncer à la joie de faire elle-même ces distributions pour soulager d'autres pressantes misères. Les malades et les blessés aussi étaient recueillis sous ce toit hospitalier et recevaient les soins que réclamait leur état. Une salle du rez-de-chaussée, pouvant contenir douze lits, avait été transformée en ambulance, et les gémissements qui s'en échappaient appelaient souvent Madeleine de ce côté. Cette enfant privilégiée de la fortune lavait, soignait les plaies des blessés, et ne répugnait à aucun des plus pénibles services à rendre aux malades. Les leçons d'une mère chrétienne, les épreuves successives, avaient mûri de bonne heure son intelligence et son cœur; elle avait en elle l'instinct de l'héroïsme, et elle en suivait résolument toutes les inspirations.

Sous sa direction, l'oncle, en dépit de ses infirmités, devenait un très passable garde-malade de cet hôpital improvisé. Il secondait avec bonheur sa nièce dans toutes ses ingénieuses charités. Les sourires bienveillants dont il accompagnait ses bienfaits traduisaient toutes les paroles sympathiques qu'il eût voulu adresser aux malheureux, et lui valaient une foule de démonstrations respectueuses et reconnaissantes. Le vieillard se sentait utile à ses concitoyens : il était heureux.

Il y avait quelques semaines que Mina,

la folle, était établie à Summer-Cottage, lorsqu'elle se prit pour sa jeune bienfaitrice d'une tendresse excessive. Elle ne voulait d'autre nourriture que celle que lui présentait Madeleine, elle ne voulait prendre l'air qu'au bras de Madeleine, ne consentait à se coucher que si Madeleine était dans sa chambre. Cette affection exclusive qu'on ne pouvait raisonner, entravait énormément la jeune fille dans l'exercice de sa mission charitable qu'elle aurait voulu étendre au plus grand nombre. Et cela d'autant plus que la folle détestait Flavia, la chère ombre de Madeleine, et l'avait prise en grippe presque dès le début. Elle ne la voyait pas sans crier et sans témoigner de son aversion pour la négresse, qui eût tant voulu lui prodiguer des soins et enlever ainsi à Madeleine une part de ses travaux. La jalousie, qui torture le cœur qu'elle envahit, pervertit nos sentiments et engendre des haines injustes, la jalousie s'était emparée de l'esprit inconscient de la folle. Flavia, plus que tout autre, subit sa tyrannie, parce que Flavia était la

ersonne qui approchait le plus souvent de
Madeleine. Mais la jalousie n'était pas l'unique raison de son animosité ; ses pensées
sombres à l'endroit de Flavia venaient aussi
de la haine qu'elle portait à sa race ; car
fût-ce parmi les pauvres qui venaient à
l'habitation, fût-ce parmi les gens de la
plantation, elle n'apercevait pas un nègre
sans pousser des cris, sans manifester de la
terreur ou quelquefois se jeter sur lui.
L'apparition d'un noir rappelait sans doute
à cette malheureuse l'origine de la guerre
terrible pour laquelle elle avait vu partir son
John, cet époux bien-aimé qu'elle attendait
encore, et que, dans sa folie, elle croyait
voir revenir à tout instant.

Le lecteur s'étonnera peut-être de voir
qu'au milieu des désastres d'une guerre
interminable, alors que la disette régnait
sur tant de points de ce territoire ravagé,
les possesseurs de Summer-Cottage pussent
donner un libre cours à leurs libéralités. La
fortune des enfants de la Jarnage et de
M. de Pilter, qui était considérable en place-

ments sur l'État français, l'était bien davantage encore en Amérique. Les revenus des plantations fort importantes que cette famille possédait, s'étaient accumulés pendant leur séjour en France, et ils avaient trouvé, à leur arrivée sur la terre de Summer-Cottage, des approvisionnements considérables et des fonds qui leur permettaient de satisfaire sans réserve aux élans de leur générosité. Ils avaient le bonheur, dans un moment si cruel pour leur pays, de pouvoir faire bénéficier les affamés et les souffrants des dons qu'ils tenaient de Dieu. Quelques Nordistes même, quand se fonda cette ambulance privée, furent soignés par l'oncle et par la nièce avec le dévouement et les attentions qu'ils témoignaient aux blessés de leur parti : les souffrances effaçaient à leurs yeux les antipathies, nées d'une situation qui devait se liquider par les armes. L'un deux, jeune homme de vingt-deux ans, recueilli au Cottage, vint à mourir.

Cette mort fut l'occasion de troubles plus accentués dans le cerveau de la folle.

Au moment où les nègres de la plantation portaient en terre les restes du Yankee, elle sortit de la maison avec précipitation, et se jeta sur les serviteurs, voulant les empêcher à toutes forces d'aller plus loin avec les dépouilles du jeune homme. Elle poussait des hurlements et s'accrochait au cercueil qu'elle semblait vouloir défendre du contact des noirs. L'infortunée faisait pitié, et Madeleine, qui suivait avec son oncle et les gens de sa maison le triste cortège, chercha à la calmer, mais ce fut en vain.

— « John! » cria-t-elle tout à coup; et, s'attachant de nouveau au cercueil, elle s'y cramponna de telle sorte que les porteurs furent obligés de le poser à terre.

Puis, se précipitant sur la bière qu'elle cherchait à ouvrir, elle recommença à appeler son John! Le sentiment de la perte qu'elle avait faite lui était revenu en face de ce mort, et c'était son malheureux époux qu'elle croyait voir porter en terre. Madeleine, devant l'excès de ce désespoir, crut

devoir renoncer à la force. Elle renvoya
les nègres dans leurs cases, puis se mit à
parler de John à l'armée, de John qui lui
reviendrait, si elle voulait bien consentir à
rentrer dans l'habitation; mais, ni les paroles affectueuses, ni les promesses, ni les
artifices... rien ne calma les esprits surexcités de Mina. On fut obligé de la prendre
et de la porter à l'intérieur. La nuit fut
des plus mauvaises, et les hôtes de Summer-
Cottage pensaient avec peine à l'obligation
où ils allaient se trouver de faire renfermer
cette insensée. Heureusement, quand le jour
parut, la fièvre tomba tout d'un coup, et
un sommeil réparateur s'empara de la malade. Elle fut assez calme ensuite pour
qu'on pût décider qu'on la garderait encore. On convint toutefois, par prudence,
de la tenir sous clef dans sa chambre.
C'était une mesure d'autant plus sage que,
la porte étant restée deux ou trois fois ouverte, Mina avait réussi à tromper la vigilance de ses gardiens et à s'échapper dans
le parc. Elle était parvenue à découvrir la

sépulture de son soi-disant John, et on la trouva couchée sur le sol, grattant, arrachant de ses doigts nerveux et fébriles la terre qui la recouvrait.

Au milieu de toutes les occupations que lui créait sa charité, Madeleine voyait les journées s'écouler rapidement. Les remerciements d'un pauvre, un malade qui guérissait, un blessé qui commençait à essayer ses forces au soleil, un enfant qui lui tendait ses petits bras : telles étaient les joies véritables de Madeleine pendant ces temps d'épreuves. Elle conservait au milieu de ses labeurs sa figure aimable et souriante, à laquelle la satisfaction de faire le bien ajoutait un nouveau charme. A force de patience et de dévouement, elle était parvenue à transformer son habitation en une oasis bénie, que l'effroyable guerre de Sécession alimentait de malheureux.

X

Les nouvelles de l'armée qui arrivaient
u Cottage, y apportaient tour à tour le
ourage et l'angoisse. Quand c'était de Geor-
es qu'on les tenait, le bonheur de le
avoir vivant, bien portant, rendait moins
mer l'insuccès des armes, et l'entraînement
elliqueux, l'énergie dont ne se départissait
as le jeune homme, et que ses lettres
eflétaient, redonnaient de l'espoir à sa
amille. Mais la guerre continuait toujours,
ans qu'on pût prévoir le moment où le
ang versé à flots depuis trois ans cesserait
nfin de couler. Bien au contraire, les évé-
ements généraux semblaient faire présager
ne reprise d'hostilités plus acharnée en-
ore.

On ne pouvait songer à traverser les lignes du Sud, que l'armée de Lee rendait infranchissables au nord de la Virginie. On ne pouvait pénétrer davantage par la mer dans la Caroline du Sud, ni prendre pied nulle part sur les terres confédérées. Les généraux du Nord résolurent de faire une tentative par l'ouest. Dans ce but, ils organisèrent dans le nord-ouest une armée nouvelle qui, traversant l'immense territoire situé entre le Mississipi et les États du littoral de l'Atlantique, devait, par cette marche tournante, prendre à revers toutes les forces du Sud.

Le général Schermann reçut la mission de diriger cette entreprise difficile et périlleuse. Il l'exécuta tout à son honneur et à celui des soldats nordistes, avec une promptitude incroyable, triomphant des distances sur l'énormité desquelles le Sud comptait pour l'arrêter. En quelques mois, il avait atteint les confins de la Caroline du Sud, du côté ouest, et, traversant les montagnes du Bluerige, il menaçait Atlanta, l'une des

illes principales de la Géorgie, qui devait
ientôt tomber en son pouvoir. Là, il se
répara à pénétrer dans les plaines de la Caro-
ne du Sud, où nul obstacle ne pouvait s'oppo-
er à sa marche. Ainsi, l'horizon était changé,
t les confédérés étaient près d'être vaincus.

Lee, en effet, ne pouvait abandonner ses
ignes qui arrêtaient l'ennemi sur la fron-
ière du Nord, et devait forcément laisser
es faibles garnisons des territoires du Sud,
n particulier Charleston, lutter, en nombre
bsolument inégal, contre l'armée de Scher-
nann. Ces garnisons avaient pu empêcher
'ennemi qui arrivait du côté de la mer de
emparer du littoral, mais elles n'étaient
as en état de tenir tête à l'armée de l'ouest,
ui arrivait en bataillons serrés. A vrai dire,
e n'étaient plus des Américains qui luttaient
ontre le Sud, mais un flot de mercenaires,
ecrutés parmi les émigrants européens,
u'on embauchait dans l'armée, à force
'argent, au fur et à mesure de leur arrivée.
es Allemands y étaient si nombreux que,
ans plusieurs régiments, l'anglais avait dû

14

être proscrit pour certains commandements.
C'est au cri de « *Vorwaerts!* » (en avant!) que
le premier régiment franchit la frontière
Carolinienne, près d'Augusta. On ne s'étonnera donc pas, si bon nombre des faits que
nous aurons à raconter rappellent ceux de
l'invasion des Allemands dans notre malheureux pays, en 1870-1871. — C'étaient
les mêmes moyens, la même méthode qu'on
mettait en usage, c'est-à-dire la guerre aux
intérêts particuliers, afin de décourager le
patriotisme et de briser l'enthousiasme et
l'élan des troupes du Sud.

Les hommes du Nord savaient, par exemple, toute la tendresse que les Sudistes
portent à leur femme et à leurs enfants, et
ils agirent en conséquence. Ils avaient appris que, dès le début de la guerre, pous-
sées par leurs époux, maintes femmes du
Sud s'étaient réfugiées emmenant leurs enfants sur les hauteurs du Bluerige, avec
l'espoir d'y être en quelque sorte à l'abri
de l'armée du Nord; les corps de l'armée
ennemie eurent grand soin de faire explo-

rer sur leur passage ces hauteurs et les
campagnes environnantes, afin que rien
ne pût échapper à leur fureur. Ils allèrent
piller, détruire toutes les provisions, qu'à
grand'peine ces pauvres créatures avaient
amenées dans ces lieux élevés. Il y eut
là des scènes de dévastation impossibles à
décrire. La férocité des gens, *gagés* pour
faire le plus de mal possible aux Sudistes,
dépassa toutes les bornes. Ni larmes, ni
cris, ni prières n'eurent accès auprès de
ces sauvages de la civilisation, et toutes
les provisions furent anéanties. Il répugne
à notre plume de rendre les pires excès
auxquels ils se livrèrent; d'autres ont écrit
ou écriront, sans doute, cette page honteuse de l'histoire des conquérants du Sud.
Pour nous, nous ne touchons aux différentes phases de cette terrible guerre de
Sécession, qu'autant qu'elles se rattachent
aux héros de notre récit. Si nous avons
été amené à parler du Bluerige, c'est qu'au
pied de ces sommets s'étaient groupées plusieurs parentes ou alliées de la famille des

la Jarnage. Une tante de nos orphelins, Mme Burden, la sœur de M. de la Jarnage, y possédait des plantations. Elle y avait offert l'hospitalité aux femmes de ses parents et de ses amis dont les habitations lui paraissaient plus exposées que la sienne. En vérité, l'endroit semblait tout à fait hors d'atteinte des coups de l'ennemi. Les maris, les fils et les frères étaient tous à l'armée, et l'offre de Mme Burden avait été bien précieuse à toutes ces chères réfugiées. Si les nouvelles de la guerre les venaient torturer dans cette retraite, elles croyaient du moins qu'elles y échapperaient aux cruelles émotions du passage des envahisseurs.

Mme Burden, devenue veuve de bonne heure, n'avait eu qu'une fille, mariée à Henri Legare, descendant du huguenot fameux dont une des rues de Charleston portait le nom. Cette fille, qu'elle chérissait et qui reposait son cœur de bien des tristesses, lui fut ravie deux ans après son mariage. Elle lui laissa en mourant une petite-fille pour l'aimer et la consoler.

Henri Legare s'était enrôlé l'un des premiers dans les rangs de l'armée. Sa petite Georgiana, âgée de huit ans, avait beaucoup pleuré lors de son départ, mais l'arrivée de cousines et d'amies, qui vinrent s'installer auprès de sa grand'mère, apporta une diversion à sa tristesse.

La plupart des hôtes de Mme Burden descendaient de huguenots qui, après la révocation de l'édit de Nantes, se rendirent aux États-Unis, et fondèrent Charleston. La moitié environ des riches planteurs de la Caroline du Sud ont cette même origine. Autour de la respectable veuve et de sa petite-fille Georgiana Legare, était donc réuni en ce moment, avec leurs mères, un essaim de jeunes filles, l'élite de la haute société américaine : Sarah de Saussures, Eliza Ravenel, Tudy et Anna Huger, Maria Gourdin, Zélie et Eva Bacot, les jeunes Harry et Lilie Marion, Julia Middleton (1). Cette dernière,

_____

(1) Les noms ci-dessus ont tous été empruntés, pour conserver la couleur locale aux familles d'origine

14.

seule d'origine anglaise, était petite-fille
d'un des deux députés de la Caroline du
Sud, qui avaient déclaré l'Indépendance le
4 juillet 1776, et dont le portrait figure au
Capitole de Washington.

La réunion de ces jeunes filles au foyer
de Mme Burden jetait au milieu des tristesses
du moment quelques éclairs de joie. Le
front soucieux des mères se déridait encore
de temps à autre, sous l'influence de ce cercle
de jeunesse et d'amour qui les entourait.
Un vaste et beau salon au rez-de-chaussée
servait de lieu de réunion à ces dames, et
l'on devine le genre de travail qui les
occupait. Toutes les mains de ces femmes
actives préparaient du matin au soir des
vêtements pour les soldats déguenillés et des
bandes de toile pour les blessés. Les plus
jeunes ouvrières, parmi lesquelles on admet-
tait Mlle Georgiana Legare, faisaient de la

française qui existent encore aujourd'hui à Charleston ;
mais il est bien entendu qu'ici, pas plus qu'en aucune
autre partie de ce livre, l'auteur n'a pu avoir en vue
de désignation de personne.

charpie. Que de précieux envois pour l'armée furent expédiés de cet ouvroir!

Dans les premiers temps, la lecture de quelques livres instructifs et intéressants avait été faite pendant ces longues heures de travail; puis insensiblement on les abandonna, l'esprit de la lectrice et celui de son auditoire étant trop absorbé par les événements qui se passaient au dehors, pour s'attacher à autre chose. Mais quand venaient des lettres de l'armée, oh! alors, tous les cœurs battaient, et c'était à haute voix, dans le salon, que l'heureuse destinataire communiquait son trésor de nouvelles. Si l'on recevait des messages tranquillisants, il en arrivait aussi parfois de cruels.

Un jour, une lettre adressée à Mme de Saussures, cousine de Mme Burden, annonça la mort de Henry Legare. La courageuse veuve allait ajouter à tous les fardeaux de sa vie le deuil de son gendre. La petite colonie entoura de ses soins et de ses consolations celle qui en avait été jusqu'ici le conseil et l'appui. Chacun souffrait de la voir si large de bienfaits et si malheureuse. Georgiana reçut caresses sur caresses, et c'était à qui essuierait les pleurs qui coulaient de ses grands yeux bleus lorsqu'elle disait :

— Mon petit père est mort, mais il reviendra, n'est-ce pas?

M. Henry Legare avait été frappé en plein combat et le général Lee, le voyant étendu sans vie, s'était écrié :

« Je perds un ami, mais la patrie perd un courageux défenseur! »

C'était le 18 septembre 1862. Les confédérés (1) avaient lutté quatorze heures contre l'armée fédérale (2) avec un acharnement inouï. Mac-Clellan (3), qui comman-

(1) Confédérés; troupes du Sud.

(2) Armée fédérale : l'armée du Nord.

(3) Mac-Clellan montra tout le temps que dura son commandement un grand esprit d'humanité, ne se laissant point passionner par le succès, et sachant toujours respecter le droit et la justice. Voici comment, le 7 juillet 1862, il faisait connaître au président Lincoln la position respective des deux partis en présence, et rappelait les principes du droit des gens que le nouveau continent semblait oublier.

« Cette rébellion, disait-il, a pris le caractère d'une guerre régulière, elle doit être regardée comme telle,

dait l'armée du Nord, espérait, par une
adroite tactique, précipiter les troupes de
Lee dans le Potomac, et se venger ainsi des
divers succès que ce général avait remportés

et conduite d'après les principes les plus élevés de la
civilisation chrétienne. Quoi qu'il arrive, une telle
lutte ne doit pas aboutir à l'asservissement du peuple
d'aucun État; elle ne doit pas non plus, en aucune
façon, être une guerre contre la population, mais seulement contre les forces armées et l'organisation politique des États séparés. Les confiscations de propriétés,
les exécutions politiques, le morcellement des Etats,
l'abolition violente de l'esclavage, doivent être choses
rayées de notre programme.

« A l'avenir, toute propriété particulière et toute
personne sans armes devront être efficacement proté-
gées... Tout objet, requis pour l'usage de l'armée, doit
être payé. Le pillage et les déprédations inutiles doivent être traités comme des crimes réels, et les torts des
militaires envers les habitants, rapidement punis...

« Le droit d'arrêter des citoyens ne peut être accordé
à l'autorité militaire que sur le lieu même des hostilités actives. Cette autorité ne doit s'employer que
pour maintenir l'ordre public et assurer l'exercice des
droits politiques. »

Il ajoutait encore plus loin :

« Un système de conduite, basé sur la légalité, adouci
par l'influence chrétienne, inspiré par un esprit libéral,
nous attirerait bientôt l'appui de tous les hommes
vraiment honnêtes. Les populations rebelles, elles-

sur les fédéraux, si supérieurs en nombre et en armements. Mais Lee, avec la présence d'esprit et l'impassibilité qu'il avait montrées jusque-là, et qui entretenaient le cou-

mêmes, et les nations étrangères en recevraient une profonde impression, et nous pourrions avoir l'humble espérance que notre conduite obtiendrait la faveur du Tout-Puissant. »

Ce que le général établissait dans cette lettre, conservée parmi les documents officiels de l'époque, il fut le premier à l'observer, et les gens du Sud rendirent de tout temps hommage au respect et à la pitié qu'il témoigna aux adversaires. Le trait suivant, relaté dans le livre si consciencieux et si bien écrit de Mme B. Boissonnas (*Un vaincu*, p. 105), vient à l'appui de notre jugement sur ce chef des armées du Nord.

« Au début de la campagne, il s'était trouvé occuper la *Maison blanche*, demeure où Washington avait connu celle qui devait être sa femme, où il s'était marié, et qui était la propriété de mistress Lee. Dès que Mac-Clellan sut à qui appartenait l'habitation, il en défendit l'entrée, et, se retirant lui-même, alla s'établir dans les dépendances. Il est fâcheux d'avoir à ajouter que cette même *Maison blanche* fut ravagée, pillée, puis brûlée le lendemain même du jour où Mac-Clellan la quitta, car les sentiments élevés du général avaient bien peu d'écho autour de lui. Un grand nombre des plus précieux souvenirs de Washington devinrent ainsi la proie des flammes. »

B. BOISSONNAS.

age de ses troupes, manœuvra si habilement, que les projets de l'ennemi échouèrent.

Dans les engagements précédents, on avait vu le général Lee faire usage d'une voiture d'ambulance pour suivre et ordonner es mouvements de son armée. Il avait eu le bras démis et en souffrait horriblement. Mais, ce terrible jour du 18 septembre, se sentant mieux, et le canon recommençant à gronder, le bras en écharpe, il s'était remis à cheval, à la tête des troupes qu'il fallait enflammer d'une nouvelle ardeur. La bataille devenait sanglante. Un immense champ de blé fut par quatre fois pris et repris, et, vers le soir, le sang y coulait partout. Des deux côtés, les hommes étaient tombés vaillamment, et plus de vingt mille cadavres jonchaient la terre.

C'est là qu'après la bataille on avait relevé le corps d'Henry Legare.

La veille, ce jeune et brillant officier, qui avait conquis par ses talents militaires et sa bravoure la confiance du général en chef, avait été envoyé, à la tête d'une compagnie

d'artilleurs, avec quatre canons, à la défense d'un point menacé, sur les bords du
même fleuve Potomac, où se livra la grande
bataille du lendemain. Il s'y était distingué,
et l'ennemi même dut rendre hommage à
cette poignée d'hommes qui luttaient un
contre dix, avec un opiniâtre courage.
Parmi eux se trouvait un enfant de seize
ans, le jeune Robert Lee, fils du général en
chef, dont les deux frères aînés, sur d'autres
points, se battaient comme des lions et se
montraient dignes du sang dont ils sortaient.

Henry Legare, en rejoignant le soir le général Lee, après ce premier engagement
avec l'ennemi, ne ramena qu'un canon, les
autres ayant été démontés, et sept hommes
de sa vaillante petite troupe, parmi lesquels
le jeune Robert Lee. L'enfant arrivait harassé, couvert de poudre. Le regard de son
père le ranima.

— Comment cela va-t-il, Robert? lui cria
le général aussitôt qu'il parut.

— Assez bien, père, reprit l'enfant.

— Alors, mon garçon, retourne au feu, et chasse-moi ces Yankees!

Et, suivi de six hommes, l'enfant auquel la voix paternelle avait rendu de la vigueur, partit remettre en position la pièce de canon qu'il avait sauvée, tandis que son père garda près de lui Henry Legare. Il comptait sur cet officier pour l'aider à mettre à exécution ses plans du lendemain, et nous savons comment la mort enleva au général et à l'armée du Sud ce compagnon de vingt combats.

Cette bataille du lendemain, 19 septembre, fut appelée bataille d'Antietam (1), du nom d'un affluent du Potomac, qui coule non loin de là. Un pont, reliant ses deux rives, était convoité par les deux partis comme point essentiel à gagner. Par cinq fois, fédéraux et confédérés se l'arrachèrent. Le soir, Mac-Clellan écrivait à son lieutenant Burnside, auquel revint la gloire de s'en rendre défini-ivement maître :

(1) Les Sudistes l'appelaient : Sharpsberg.

« Mettez votre dernier homme au pont.
Le pont perdu, tout est perdu ! »

Si les troupes nordistes l'occupèrent, tout
néanmoins ne fut pas encore perdu pour leurs
adversaires, qui ne considèrent point cette
bataille comme une défaite. Le Nord était
incapable de reprendre pour l'instant l'offensive, et l'armée de Lee, augmentée de
celle de Jackson, qui avait pu opérer sa
jonction avec elle, allait continuer son expédition. Une victoire que les troupes sudistes
avaient remportée, le 15 du même mois, à
Happer's Ferry, sous les ordres du général
Jackson, diminuait l'importance des pertes
qu'on venait de faire et maintenait l'espoir
du Sud. La défense du territoire et la résistance furent menées avec une intrépidité et un courage qui de chaque homme
faisait un héros.

XI

Depuis que le malheur avait frappé Mᵐᵉ Burden, la tristesse la plus profonde s'était assise à son foyer hospitalier. Les rires avaient cessé. Dans les longs couloirs, les gais éclats de joie des jeunes filles ne retentissaient plus; les promenades même hors de l'habitation devinrent plus rares : le deuil était partout. On vivait dans la crainte de nouveaux malheurs.

C'est dans cet état que se trouvaient les esprits de la petite colonie, lorsque apparurent tout à coup sur les hauteurs du Bluerige les détachements allemands. La consternation de ces femmes sans défense fut extrême. Elles virent descendre des montagnes les malheureuses réfugiées, ac-

courant instinctivement avec leurs enfants
demander secours et protection à Mme Burden,
dont la charité reconnue leur inspirait confiance. La vénérable dame leur donna les
provisions dont elle pouvait disposer en ce
temps lamentable, chercha à calmer leur désespoir, mais là s'arrêtèrent ses moyens de les
secourir. Que pouvait-elle contre les hordes
qui faisaient irruption sur le Bluerige et ne tar-
deraient pas à envahir ses propres plantations!
En effet, le régiment ennemi s'y répandit,
et l'on prévoyait qu'il continuerait sa marche
jusqu'à l'habitation. Mme Burden fit preuve
alors d'une force morale admirable. Elle
voulut obliger les mères de famille à monter dans une des chambres hautes avec leurs
filles et la petite Georgiana, et à la laisser
seule discuter avec l'ennemi. Mais elle n'obtint qu'une demi-obéissance, ces dames ne
voulant point la quitter, et il fut décidé que
deux d'entre elles resteraient pour l'entourer.
Des réquisitions de toutes sortes lui furent
faites; mais, depuis longtemps, le riz et le
maïs étaient les seules ressources de la

maison. Mme Burden employa toute son élo-
quence pour apitoyer les envahisseurs sur
le sort de sa famille et de ses amies : elle
supplia, elle conjura, elle parla avec toute
l'autorité que lui donnaient son âge et la
considération dont elle jouissait, elle tâcha
de toucher leurs cœurs de pères ou de fils ;
mais rien ne réussit, et, sous ses yeux, tout
le blé et le maïs que contenait la plantation
fut donné en ration aux chevaux du régiment, tandis que les sacs de riz furent,
de par les ordres du colonel, jetés dans une
rivière du voisinage. Dans la chambre haute,
on priait, on pleurait, on suivait de la fenêtre avec une anxiété fiévreuse les péripéties de cette lugubre scène. Dès que les
soldats s'éloignèrent, on descendit entourer
Mme Burden, restée fort émue de la visite,
dont le résultat était de la laisser sans ressources pour nourrir toute sa chère colonie.

Le lendemain du passage des lâches vainqueurs, Mme Burden et ses compagnes durent,
pour composer leur nourriture, aller recueillir dans la boue les restes de maïs et

de blé laissés par les chevaux, et en extraire la farine à l'aide de moulins à bras. On voit combien les sentiments qui animaient le général Mac-Clellan étaient loin d'être partagés par les autres chefs de l'armée du Nord.

La situation devenait chaque jour plus critique. Le général Lee, ayant des ordres pressants à faire parvenir dans la direction du Bluerige, en confia la mission à Georges. S'il choisit à cet effet son jeune et brillant officier d'ordonnance, c'est qu'aux sentiments patriotiques qui faisaient battre le cœur du vaillant général se joignaient ceux d'une pitié et d'une sympathie vives pour les douleurs de famille. Lié avec Henry Legare et plein de respectueux attachement pour Mme Burden, il voulait que la veuve n'apprît pas par des indifférents le malheur qui venait de la frapper. Connaissant les liens de parenté qui l'unissaient aux la Jarnage et l'affection qu'elle portait à Georges, il chargea ce dernier d'aller apprendre la fatale nouvelle à la vénérable veuve et de lui porter, ainsi qu'à sa petite fille, les compassions dont son cœur se sentait rempli à leur égard.

A son arrivée, Mme Burden était renseignée, comme on le sait, sur la perte immense qu'elle et Georgiana venait de faire. Georges apprit alors les émotions d'une autre nature que l'ennemi leur avait infligées les jours précédents ainsi qu'aux parentes et amies qu'il rencontra chez elles. Il les trouva toutes littéralement mourantes de faim. Ayant rencontré sur sa route un vieux nègre, ancien serviteur de la famille, fort dévoué à tous ceux qui appartenaient de près ou de loin au sang des la Jarnage, il l'avait amené avec lui dans la pensée que, connaissant à merveille les chemins à parcourir, ce nègre lui serait utile et pourrait peut-être ensuite rendre des services à ces dames. En effet, il n'eut pas de peine à décider ces dernières à abandonner des parages devenus si peu sûrs, et où elles étaient dès lors dénuées de toutes ressources, pour se rendre à Summer-Cottage, où sa sœur serait si heureuse de les recevoir. Elles partirent sous la conduite

du brave nègre ; mais, soit que le nombre
des voyageuses fût trop grand pour rendre
facilement réalisable un trajet de cette nature
en pareil moment, soit qu'une des jeunes
filles (Mlle Anna Huger), souffrante au départ,
inspirât quelque crainte dès les premières
heures de route, ces dames résolurent de
s'arrêter à moitié chemin.

La petite caravane traversait une plantation, appartenant à l'une des parentes de
Mme Burden, et, comme l'ennemi était encore
loin en ce moment, on pouvait s'y installer.
Dans le cas d'une nouvelle alerte, il était
toujours possible de gagner Summer-Cottage.
Mme Burden toutefois préféra aller directement demander à la fille de son frère l'hospitalité, si gracieusement offerte par Georges,
et, après une journée de repos, elle continua,
toujours sous la conduite du vieux nègre,
sa route avec sa petite-fille.

Georges, s'était acquitté de la transmission
des ordres de son chef, avant de se rendre
chez sa tante ; aussi, sa course au Bluerige
terminée, il s'était hâté de rejoindre son

corps d'armée dans la Caroline du Sud. Il
passa par Flatrock (la roche plate), ainsi
nommée par les explorateurs français qui
la découvrirent au seizième siècle, et qui
voulurent perpétuer dans ces contrées loin-
taines le souvenir de leur pays.

XII

Le récit des vexations et des souffrances
que l'ennemi faisait subir aux familles des
combattants du Sud eut de déplorables conséquences. Il finit par ébranler quelquefois
leur patriotisme. L'inquiétude secrète, ron-
geant le cœur des maris et des frères,
beaucoup ne purent supporter la pensée que
les êtres qui leur étaient les plus chers
allaient peut-être périr de faim, parce que
l'armée n'avait pu protéger les plantations
envahies, et ces malheureux désertaient pour
voler au secours de leur famille.

La faim n'était pas le seul allié des
hommes du Nord, l'incendie joua son épouvantable rôle, et, sur le passage des mercenaires allemands, les flammes et la fumée

semblaient annoncer l'approche d'un nouvel
Attila. La ville d'Atlanta, dans la Géorgie, fut
réduite en cendres, comme l'avait été naguère une partie de Charleston. Il en fut de
même de Colombia, dans la Caroline du
Sud, placée au centre même de l'Etat. Le
Capitole de cette ville, où parfois s'était
réunie la Législative, fut renversé, et il ne
resta pour témoigner de son existence première que trois colonnes de la façade prin-
cipale.

Une amie de la famille de la Jarnage,
Mme Diebig, habitait un cottage sur les confins de la Virginie. Veuve depuis deux
ans, avec une fortune modeste, elle vivait
là, seule, élevant ses six enfants fort jeunes
encore. C'était une femme d'une nature éle-
vée, d'une éducation soignée et d'une grande
distinction. Elle avait beaucoup voyagé en
Europe à la suite de ses parents, auxquels les
cours étrangères faisaient l'accueil le plus
sympathique. Son père avait occupé un poste
important dans la diplomatie, où son expérience des hommes et l'étendue de ses con—

naissances le faisaient rechercher et con-
sulter dans les questions délicates. A Dresde
notamment, la présence de cette famille fut
l'objet de l'estime et de l'affection particu-
ière du roi de Saxe.

Mme Diebig croyait être à l'abri des coups
de l'ennemi dans la retraite qu'elle s'était
choisie. Elle espérait en outre que sa position de veuve la ferait respecter, et qu'en
tout cas, le souvenir du grand-père de ses
enfants, qu'elle ne manquerait pas d'évo-
quer, les protégerait tous; elle fut péniblement désillusionnée sur les sentiments du
vainqueur. En vain essaya-t-elle de se nom-
mer, de parlementer, d'implorer la clémence,
rien n'y fit; et, si les hommes du Nord
feignirent de s'éloigner un moment, ce fut
pour mieux combiner leurs plans odieux.

En effet, vers le soir, les soldats, à la
faveur de l'ombre, reviennent et forment,
autour des colonnes de bois qui soutien-
nent les galeries extérieures de sa maison,
un bûcher auquel, sans doute, plus avant
dans la nuit, on devra mettre le feu. A

travers les rideaux baissés, Mme Diebig suit ces horribles préparatifs, puis, les soldats éloignés, elle descend furtivement et va disperser les fagots. Quand l'ennemi revient pour y mettre le feu, il est saisi de surprise; mais, sur l'injonction du sergent qui commande le petit détachement, les fagots sont de nouveau remis autour des colonnes. De la fenêtre de ses enfants, qui tous dorment paisiblement, la mère de famille surveille d'un œil anxieux les allées et venues du soldat envoyé pour cette effroyable besogne, et lorsqu'elle le voit s'éloigner pour aller annoncer la fin des préparatifs à son chef, elle ouvre la galerie précipitamment, et jette des seaux d'eau, qu'elle avait préparés, sur les fagots amoncelés.

Le sergent, furieux de voir ces deux tentatives d'incendie avortées, vient lui-même cette fois, suivi de ses soldats, et ouvertement fait recommencer le travail, jurant d'anéantir cette tanière ensorcelée. Il a compté sans la mère qui se présente résolument.

— Vous n'accomplirez pas votre infernal projet... s'écrie-t-elle. Vous me passerez sur le corps avant d'oser mettre le feu au toit qui abrite mes enfants...

Mais, voyant que, malgré ses supplications, les préparatifs d'incendie se poursuivent sous le commandement du chef, semblable à une lionne qui défend ses petits, elle saute à la tête du sergent, et, pleine de colère, lui laboure la figure avec ses ongles.

Celui-ci la repousse en la frappant et l'injurie, mais rien n'arrête la mère énergique qui a saisi un bâton et, se plaçant devant les fagots amoncelés sous la colonnade, s'écrie :

— Approchez, si vous l'osez... vous tous, qui êtes là!... Venez voir si une mère sait défendre ses enfants!...

A ces mots et devant ce courage surhumain, un mouvement d'hésitation se produit parmi les soldats; ils se regardent... reculent de quelques pas, puis... les uns après les autres s'éloignent vaincus par l'héroïsme maternel. Le sergent veut donner des ordres nouveaux; mais, s'apercevant qu'il est resté seul, il part lui-même en jurant contre ceux qui l'ont abandonné.

Pendant que semblables faits se passaient dans la région montagneuse, des scènes tout aussi déplorables avaient lieu sur des plantations de coton et de riz, surtout dans les plaines situées le long des bords de l'Ashley, du Cooper et des autres rivières de la Caroline, où les récoltes sont considérables et nécessitent un plus grand nombre de nègres. L'affranchissement de ces derniers, décrété par le vainqueur, fut la cause de nouveaux désastres pour les propriétaires du Sud. Dans nombre de localités, déjà fort éprouvées par le génie malfaisant de la guerre, les noirs, surexcités contre leurs anciens maîtres, devinrent parfois d'une férocité sans égale.

Un décret avait été publié, d'après lequel toute plantation, non occupée par son maître, serait confisquée au profit de l'État, par la raison que son propriétaire devait être à la

guerre. Pour arriver à ce résultat, des sol-
lats étaient envoyés par petits pelotons de
ept ou huit, sous les ordres d'un sous-
officier qui allait se présenter dans chaque
plantation et faire une enquête. La plupart
lu temps ils étaient escortés par d'énormes
bandes de nègres et, lorsque le maître n'était
pas là, ou que l'on n'avait point répondu à
eur gré, le pillage et l'incendie suivaient la
visite de ces singuliers champions humani-
aires. Aux environs de Charleston, plus
le cent cinquante habitations de luxe dis-
parurent ainsi dans les flammes. A Summer-
Cottage, Madeleine et les siens ne devaient
pas échapper au contre-coup de cette situa-
ion.

Leur habitation, on le sait, transformée
en ambulance à la suite des combats qui
s'étaient livrés pendant de longs mois sur
es côtes voisines de Charleston, avait in-
ensiblement vu s'éloigner les blessés et les
malades.

Lorsque Mme Burden et sa petite-fille,
illeule de Georges, vinrent demander asile

à leur chère parente, l'infirmerie n'avait
plus que deux blessés, dont un de chaque
camp. Puis, peu à peu, ceux-ci se remirent
à leur tour, et Summer-Cottage se trouvant
isolé pendant un certain temps du théâtre
de la guerre, ne conserva de malade que
la malheureuse Mina, dont la raison était
toujours égarée.

Les nouvelles du pillage, des vols, des
scènes atroces qui se passaient aux environs, vinrent bouleverser de nouveau l'hospitalière habitation. Bientôt on apprit que
l'ennemi était sur le revers de Charleston,
non loin des propriétés du gendre de
Mme Burden, Henry Legare. L'oncle Charles
partit immédiatement, afin de veiller à ce
que le flot dévastateur ne vînt pas ruiner
la petite Georgiana, et afin de sauver la
maison, s'il était possible. Il allait mettre
toute diligence dans ce voyage, de façon
à être de retour, si, comme hélas! c'était à
craindre, Summer-Cottage était envahi.

Ces dames demeurèrent donc seules, Georges étant toujours à l'armée de Lee. Une

vingtaine de nègres, restés jusque-là sur les
terres de la famille la Jarnage, malgré l'é-
mancipation, vivaient dans l'allée des cases,
située à l'arrière de l'habitation. Là, ils discutaient sur les événements, sur la marche
qu'ils prenaient, sur l'émancipation, et
formaient des plans dont les circonstances
pourraient faciliter l'exécution. Dans la
journée qui suivit le départ de M. de
Pilter, les escouades de soldats et de nègres
s'étaient approchées jusqu'à douze milles
de Summer-Cottage, ce qui précipita les
pourparlers des noirs, car il allait falloir
se montrer pour ou contre les institutions
nouvelles.

L'ennemi qui s'avançait allait trouver Madeleine et Mme Burden sans défenseur. Elles
comprirent qu'il était temps de songer à
mettre à l'abri de sa convoitise les objets
précieux que la famille de la Jarnage avait
laissés en Amérique sous le toit paternel,
et qui consistaient principalement en bijoux
anciens et en argenterie. Il était urgent de
les mettre en lieu sûr, mais où?...

Réduites à leurs seules forces, à leurs seules ressources, qui ne permettraient pas longue résistance, ces dames comprirent qu'il ne fallait rien cacher dans la maison, vouée sans doute aux flammes. Chercher à le faire au dehors était chose périlleuse avec les nègres, qui ne manqueraient pas de les espionner et de révéler ensuite leurs cachettes. Mais une circonstance heureuse devait faciliter leur projet. On s'apprêtait dans les cases à célébrer les noces de la fille du vieux Nick, un des nègres de la plantation. La fête allait y retenir les noirs et laisserait toute liberté d'agir.

Il fallait seulement savoir les intentions des nègres pour la journée, et il fut décidé que Georgiana irait, suivie du chien Flink, faire le tour des cases et s'informer, sans donner le moindre éveil, de l'organisation de la fête. Son intelligence précoce s'acquitterait à merveille de cette délicate mission. Elle devait, d'ailleurs, si l'occasion s'en présentait, offrir du vin pour le repas. C'était une ruse de guerre que cette offre de vin, un moyen sur lequel Mme Burden et Madeleine comptaient beaucoup pour la réussite de leur entreprise.

Sous prétexte donc d'aller réclamer une petite négresse, qui quelquefois partageait ses jeux (mais qu'on savait avoir déjà quitté la plantation avec ses parents), l'enfant pénétra dans une des principales cases où les nègres étaient réunis. On y dressait une table pour le repas.

— Petite maîtresse, vous voulez? dit un vieux nègre accroupi dans un coin de la salle.

— Je viens chercher Fatma, répondit l'enfant.

— Partie, petite maîtresse;... partie avec parents libres.

— Oh! je l'aurais voulue pour jouer.

— Pauvre petite maîtresse, oui, mais... parents libres!

— Qu'est-ce que cela libres? fit l'enfant.

— Plus servir, faire Monsieur, Madame, Fatma demoiselle, voilà!

— Ah! cela me fait de la peine, j'aurais si

bien joué, j'aimais bien Fatma, et elle s'amusait bien aussi avec moi.

— Jourd'hui Fatma aurait pas beaucoup joué avec petite maîtresse.

— Pourquoi ?

— Parce qu'aujourd'hui fête dans case... mariage.

— Comment faites-vous pour le fêter ?

— Dîner, manger bon.

— A quelle heure votre bon dîner ?

— Soir, huit heures, mais avant, boire beaucoup avec amis des cases.

— Qu'est-ce que vous buvez ?

— Wiskey, petite maîtresse.

— Cela ne doit pas être bon, rien que du wiskey ?

— Pas autre chose, maîtresse.

— Eh bien ! voulez-vous du vin ?

— A cette question, un grand silence se fit dans la salle, chacun attendait la réponse du vieux Nick, réponse qui ne vint pas.

— Dites, voulez-vous du vin ?

Mais le nègre garda de nouveau le silence.

— Je vous en ferai donner, si vous en

voulez... Je sais que si j'en demande pour vous à ma grand'mère et à ma cousine Madeleine, elles ne m'en refuseront pas;... dites, en voulez-vous?

— Nous nègres, nous esclaves, nous rien pour blancs... nous peut-être demain libres, dit tout à coup un jeune noir à l'œil robuste et audacieux.

— Oui! reprit un autre; et alors nous prendrons vins et...

Mais des regards furieux des autres nègres arrêtèrent la phrase, pour le moment si malséante de leur camarade.

— Je ne comprends pas, fit Georgiana, ce que vous dites là; je sais bien que vous êtes nègres... esclaves... mais je sais aussi que vous êtes bons, et que mes parents vous aiment, que, par conséquent, ils vous donneront du vin pour votre fête, et je vais vous en envoyer. Le voulez-vous tout de suite?

— Oh! petite maîtresse gentille, reprit le vieux Nick qui s'était levé... Alors, pour ce soir dîner.

— A huit heures, n'est-ce pas?

— Oui, maîtresse.

— Eh bien! Flavia vous apportera du bon madère, ce vin que ma grand'mère servait toujours quand mon pauvre petit papa amenait des amis pour dîner, on dit qu'il vient de bien loin! et qu'il est si bon!

Et l'enfant, suivie de son chien, sortit de la case comme une flèche, et alla rendre compte de sa mission, qui laissait les nègres, le cœur et l'esprit bien plus agités encore, par suite de tout ce que venait de leur dire la petite fille.

———

XIII

Dès que Georgiana fut de retour, on se
écida à ne pas perdre de temps pour agir
, afin de pouvoir se communiquer leurs
.ées plus librement, les deux dames, sui-
es de la fillette, sortirent de la maison.
lles descendirent les allées du jardin, qui
étendaient en pente douce jusqu'à la
vière, du côté opposé aux plantations, et
ar conséquent à l'abri du regard des nègres,
.uisque l'allée des cases était tout entière
.asquée par la maison. Là, elles méditèrent
, discutèrent entre elles sur le choix du
eu le plus propice à renfermer leurs objets
.récieux.

Tout à coup la petite Georgiana, à laquelle

16

ces dames prenaient peu d'attention, dit à Madeleine :

— Cousine, pourquoi ne ferions-nous pas ici un trou dans la terre?... je m'en chargerais bien, allez... je suis forte !

— Cette enfant a peut-être raison, Madeleine, dit Mme Burden, personne ne pourrait se douter que quelque chose est caché en ce lieu; et, si tu ne peux, ma chère Georgiana, creuser le trou dont tu parles, tu en auras eu la bonne inspiration. Que vous en semble, Madeleine?

— Ma Georgiana, reprit la jeune fille, a eu en effet une heureuse idée.

Et la petite fille toute fière continua :

— Mais oui..., voyez; entre ce poirier et ce prunier venu de France, le prunier de M. Michaud, comme on l'appelle..., nous saurions après où retrouver la cachette (1).

— Oui, assurément, reprit Madeleine,

_____

(1) M. Michaud, botaniste français fort distingué, implanta en Amérique, au commencement de ce siècle, quantité d'arbres de notre continent, et fit faire bien des progrès au sol fertile du nouveau monde.

est l'ange gardien de la famille qui parle
ur ta bouche et te donne cette inspiration,
ière petite; l'ombre du prunier de notre cher
lys de France protégera nos objets précieux.

— Cependant, dit la grand'mère, qui sem-
lait absorbée dans une réflexion, cependant,
écoutez. Le sol, fraîchement remué au milieu
e cette plate-bande durcie par la sécheresse,
e donnera-t-il pas quelque éveil?

— Eh bien! je vais aller dire à un nègre
e venir arroser toutes les plates-bandes,
rand'mère, alors on ne s'en apercevra pas,
t Georgiana.

— Garde-t'en bien, mon enfant, les nègres
ont en fête, ne les troublons pas; et de plus,
et ordre, donné à pareil jour, exciterait leur
uriosité et leur inspirerait quelques soup-
ons.

Et l'on décida que l'on pratiquerait la ca-
hette dans le milieu même de l'allée, afin de
lissimuler les traces du travail sous le sable.
Madeleine devait se charger de la grosse
esogne. Rentrée à l'habitation, la jeune fille
hercha elle-même des pioches et des bêches

pour pouvoir, à la nuit, exécuter leur travail,
puis elle s'occupa du vin promis aux nègres
par Georgiana, ce qui, dans sa pensée, serait
un auxiliaire des plus favorables à leurs
travaux.

L'heure annoncée pour le repas de noce
à la case du vieux Nick était du reste arrivée. Madeleine appela Flavia, et lui remit
les bouteilles de madère promises. Les
têtes étaient déjà échauffées par le wiskey,
pris en abondance dans la journée, quand
Flavia pénétra dans la case, aussi son arrivée
n'amena-t-elle d'autre incident que des démonstrations bruyantes à la vue des bouteilles. Madeleine avait craint que les nègres
ne fissent des questions à sa nourrice sur le
mouvement d'émancipation qui s'opérait, et
elle avait défendu à Flavia, dans l'intérêt de
ses maîtres et aussi dans le sien, de discuter
avec eux. La défense put être facilement
observée ; l'esprit des convives était déjà assez
égaré au fond des verres, et ils ne songeaient
plus, pour le moment du moins, aux préoccupations passionnées du matin.

Flavia était très malheureuse de tout ce
qui se passait et honteuse de l'égarement
es noirs. Restée toujours la même vis-à-vis
e ses maîtres qu'elle affectionnait sincè-
ment et pour lesquels son cœur était
mpli de reconnaissance, elle ne cessait
e pleurer depuis bien des jours. L'atten-
on de Madeleine pour les nègres, ce soir-
, surexcita encore ses sentiments. Ils vou-
rent garder la servante pour prendre part à
fête, mais, le cœur navré, elle rentra vite à
habitation. Sur le seuil, entendant encore
es éclats de rire qui venaient de la case de
ick, elle s'arrêta.

— Oh! les pauvres fous!... les pauvres
us!... s'écria-t-elle.

Le moment était venu pour Madeleine de
rendre au jardin. Elle donna l'ordre à
lavia de surveiller l'allée des cases, et de
rer la sonnette qui montait à la chambre
e Mme Burden, au moindre bruit qu'elle en-
ndrait, à l'approche de la première per-
nne qui se dirigerait vers l'habitation.
^me Burden devait alors descendre. Cette

16.

dernière avait eu soin d'éclairer sa chambre
de façon à laisser croire que la famille y
était réunie ; et, l'œil sur l'allée des cases,
l'oreille attentive à ce qui se passait au
dehors, comprimant les battements de son
cœur, elle accompagnait de ses vœux sa
nièce et sa petite-fille dans leur secrète opé-
ration. En effet, bientôt Madeleine et Georgiana sortirent par la porte donnant directement sur le jardin, du côté opposé à
l'allée des cases, et se rendirent, munies
de leurs outils, à l'endroit choisi par elles
dans la journée.

La lune n'éclairait que faiblement encore,
mais assez cependant pour permettre d'en-
treprendre et de mener à bonne fin le travail délicat dans lequel elles allaient mettre
tout leur courage. L'allée que nous appellerons
l'allée de M. Michaud, se prolongeait, comme
nous l'avons dit, en pente douce jusqu'à
la rivière. Sur les rives d'en face l'ennemi
avait paru deux jours auparavant, et on ne
savait si soldats ou nègres y étaient encore ;
aussi fallait-il agir avec beaucoup de pru-

dence. Un massif d'arbres et d'arbrisseaux touffus, qui s'étendaient au bord de l'eau, du côté du jardin, devait cacher nos ouvrières, mais il ne fallait songer à apporter aucune lumière en ce lieu, sous peine d'être découvert. Elles se mirent à l'œuvre. Madeleine de sa pioche soulevait la terre que Georgiana rejetait plus loin. Le front inondé de sueur, les deux cousines, fort inexpérimentées dans ce genre de travail, ne paraissaient pas cependant en sentir les fatigues, tant elles en avaient à cœur la réussite.

La petite Georgiana, que Madeleine encourageait, activait ses mouvements et, malgré son jeune âge, faisait autant de besogne qu'une grande personne. Tandis que toutes deux travaillaient ainsi sans relâche, Flavia, toujours à son poste de surveillance, écoutait les sons, de plus en plus joyeux, qui venaient du côté de la noce.

Mes pauvres maîtres! disait-elle dans sa langue natale, mes pauvres maîtres, si bons!... Oh! les vilains fous! que veulent-

ils?... Ils chantent ce soir, ils se complai-
sent dans les douceurs envoyées par ma
chère maîtresse, et qui sait si demain,
quand le vin aura disparu, ils ne tourne-
ront pas les armes contre elle?... Qui sait
si, cette nuit même, sous l'influence de la
boisson, ils ne vont pas se porter à des
excès contre leurs bienfaiteurs?... J'ai peur
pour mes maîtres!... mes pauvres maîtres
si bons!...

Et de ses grands yeux noirs tombaient
des larmes abondantes.

— Pourquoi nos vilains soldats du Nord
leur montent-ils la tête avec ce mot de
Liberté? Mais la liberté, ils l'auraient eue!...
notre bon maître Georges le dit bien, petit
à petit, ils en auraient joui, comme moi,
de la liberté, avant même l'époque où je
l'espérais.

Un bruit de pas qui se dirigeait vers la
maison arrêta ses réflexions. C'était un messager de l'oncle Charles, qui arrivait porteur d'une lettre qu'il lui fallait remettre
en toute hâte. Flavia agita la sonnette et

Mme Burden descendit immédiatement. Elle
prit la lettre et l'ouvrit. M. de Pilter annonçait que, par suite d'incidents graves
qu'il ne pouvait expliquer pour l'instant,
il se voyait obligé de rester encore sur les
propriétés de Georgiana. D'après la marche
des détachements, le lendemain on arriverait à Sand-Hill, tandis que, selon toute
probabilité, Summer-Cottage ne saurait être
envahi avant quatre ou cinq jours, et que,
par conséquent, il avait grandement le temps
d'arriver. Il terminait sa lettre en recom-
mandant bien que, dans le cas (peu vrai-
semblable cependant) où il ne serait pas
là, si les soldats se présentaient, ces dames
ne négligeassent pas de se faire remettre
un certificat ou *satisfecit* de l'officier, cons-
tatant la présence des propriétaires sur leurs
plantations, afin qu'au terme de la loi,
elles demeurassent affranchies de toute autre
visite domiciliaire.

Mme Burden, quoique fort émotionnée par
la nouvelle du retard de M. de Pilter et
par l'arrivée de ce messager en pareil mo-

ment, essaya de l'éloigner en le gratifiant
d'un bon papier-monnaie. Mais celui-ci,
malgré la générosité de la vieille dame, ne
semblait pas disposé à partir et demanda
l'hospitalité pour la nuit. Mme Burden con-
naissait de longue date ce nègre comme un
brave et fidèle serviteur; mais le recevoir
n'était-ce pas s'exposer à ce qu'il s'aperçût
du travail qui se faisait au jardin? D'autre
part, si elle le repoussait, ne devait-elle pas
craindre de mécontenter les noirs, déjà si
surexcités contre leurs maîtres? Son parti
fut bientôt pris, et, avec la meilleure grâce
du monde, se donnant un air d'assurance
et de satisfaction qui contrastait étrange-
ment avec l'état de ses esprits, elle promit
à cet homme qu'on allait lui préparer un
lit dans une des cases. Afin de l'éloigner
au plus vite de l'habitation, elle lui demanda si, en attendant le moment de se
coucher, il ne voulait pas aller se divertir
à la case du vieux Nick, qu'il devait connaître, et dont la fille, ce soir-là, épousait
le fils de Tom Parker. La figure du nègre

s'illumina à cette proposition, et la bonne dame, tout heureuse, alla lui chercher deux bouteilles nouvelles, pour qu'il fût mieux accueilli de la bande joyeuse. Le nègre partit enchanté et, quelques instants après, on entendit les éclats de joie redoubler sous le toit de Nick, où l'on fêta moins l'arrivée d'un ami de plus que la bienvenue des bouteilles.

Le bruit de la sonnette qui avait fait descendre Mme Burden, avait causé une vive alerte au jardin. Madeleine et Georgiana, abandonnant pour un moment la pioche et la bêche, retenaient leur respiration, prêtaient une oreille attentive aux bruits qui pouvaient leur venir du côté de la maison, jusqu'à ce qu'enfin la porte, donnant de la chambre de Mme Burden sur la galerie, se fût ouverte, et qu'elles eussent vu dans l'ombre la bonne vieille grand'mère se promener de long en large, signal dont on était convenu pour indiquer qu'il ne se passait rien d'inquiétant...; puis, la chère parente disparut. Au reste, les chants des nè-

gres qui parvenaient aux oreilles des jeunes
filles, en sons de plus en plus avinés et
discordants, les rassurèrent et elles reprirent leur travail. L'heure s'avançait, onze
heures étaient sonnées, et bien qu'elles
calculassent que, grâce à la fête de l'allée
des cases, elles pouvaient avoir encore
deux ou trois heures de liberté devant elles,
il fallait se hâter.

Madeleine avait dû insensiblement descendre dans la fosse qu'elle creusait, et elle
continuait à lancer au dehors les pelletées
de terre que Georgiana disposait sur les
bords, de façon à n'avoir qu'à les jeter
dans l'intérieur quand il s'agirait de re-
couvrir la cachette. Quand la fosse eut environ un mètre de profondeur, elle parut
assez large pour contenir bien des objets
précieux.

La jeune fille et l'enfant rentrèrent à pas
de loup à l'habitation par la porte qu'elles
avaient laissée entr'ouverte, et allèrent chercher les boîtes à bijoux et l'argenterie dans
la chambre de Mme Burden. Cela nécessita

plusieurs voyages, mais les travailleuses y mirent tant de précaution que la bonne tante, qui avait l'oreille au guet, ne s'apercevait de leur entrée dans la maison que lorsqu'elle les voyait apparaître dans sa chambre. Les boîtes d'argenterie étaient fort lourdes, et Madeleine les porta seule, dans la crainte que la petite cousine, venant à les laisser tomber, n'attirât l'attention de l'ennemi ou des nègres. Une fois tous les objets réunis au bord de la fosse, elles commencèrent l'enfouissement.

Le ciel semblait, d'une façon visible, vouloir leur prêter son concours dans ce travail plein de péril, car la lune, jusque-là restée cachée, émergea tout à coup des nuages, et envoya une lumière plus vive qui permit aux deux ouvrières de ranger avec précaution au fond du trou, dans une caisse plus résistante qu'elles avaient apportée à cet effet, toutes les autres boîtes. Puis, refermant la caisse, elles comblèrent la cachette et, sur la terre bien tassée, elles étendirent soigneusement le sable,

17

afin de dissimuler le travail qu'elles venaient d'achever.

On rentra bien vite. Georgiana, à peine dans la chambre de sa grand'mère, tomba exténuée dans un fauteuil, et Flavia dut la mettre au lit.

La folle Mina, depuis que les chants des nègres retentissaient à ses oreilles, était extrêmement surexcitée; elle croyait à quelque fête pour célébrer le retour du porte-drapeau, et se livrait dans sa chambre, au-dessus de ces dames, à des gambades et à des rires effrénés, peu faits pour favoriser le repos. On conçoit aisément que, ces bruits s'ajoutant aux mille préoccupations qui agitaient leurs esprits, Mme Burden et Madeleine ne purent fermer l'œil de la nuit. Quand Flavia vint le lendemain matin pour leur offrir ses services, elle trouva la jeune fille assise près du lit de sa tante, où elle était venue chercher un adoucissement à sa pénible insomnie.

Ces dames s'informèrent de ce qui se passait; elles apprirent avec satisfaction que les nègres se reposaient dans les cases de leur sabbat de la nuit, et que Mina aussi, vaincue par la fatigue, s'était endormie. C'était la première fois, depuis bien des jours, que la nourrice pouvait leur apporter des nouvelles relativement aussi calmes, et elles en remercièrent Dieu du fond de leur cœur; mais fallait-il en augurer pour la suite un arrêt dans les sombres événements qui se succédaient?

Hélas! neuf heures ne sont pas arrivées que Flavia remonte en toute hâte auprès de Madeleine.

— Maîtresse, feu... plantations... MM. Tauvel. (C'étaient les voisins les plus rapprochés des orphelins de la Jarnage.)

La jeune fille ouvre sa fenêtre précipitamment et voit, en effet, la fumée qui s'élève du côté indiqué et les flammes qui sortent par les toitures de l'habitation voisine. Elle calme Georgiana qui pleure et frissonne, et lui dit de ne point s'effrayer, que le feu ne viendra pas jusqu'à Summer-Cottage : c'était une assurance qu'elle était loin cependant

de posséder elle-même. Elle envoie sa bonne
nourrice aux nouvelles du côté des cases :
l'espoir ou le chagrin devait leur venir de là.

Peu après, Flavia rentre avertir sa maîtresse qu'un nègre est arrivé pour convier
les amis du vieux Nick, de la part des esclaves de la veille, devenus les hommes
libres d'aujourd'hui, à une grande fête qui
va se donner à un mille de Summer-Cottage,
chez l'ex-gouverneur Codden. Cette invitation à pareil jour ne faisait rien présager de
bon, et on conçoit l'inquiétude qui devait
en résulter pour nos habitants du Cottage.

XIII

Vers les deux heures de l'après-midi, arrivent des plantations éloignées des troupes de nègres, entraînant vers le lieu du rendez-vous, non seulement les partisans de l'affranchissement, mais encore les indécis, qui ne peuvent résister aux plaisirs inouïs qu'on leur a promis à la fête. Le nombre, si restreint déjà, des noirs de Summer-Cottage diminue encore; et, à travers les vitres de leurs fenêtres, les infortunées maîtresses regardent s'éloigner leurs anciens serviteurs, qui vont grossir la masse des égarés. Puis, tournant les yeux du côté du jardin, de la galerie entr'ouverte, elles voient bientôt sur les talus qui bordent la rivière des deux côtés et qui protègent les rizières contre l'envahissement de l'eau, elles voient défiler ces longues bandes de nègres qui se succèdent, et parmi lesquels, de temps à autre, un soldat nordiste apparaît. Quel serrement de cœur, chaque fois qu'elles reconnaissent parmi ceux qui désertent un de leurs anciens esclaves !

Flavia, que tout ce qui se passe met hors d'elle, que tout ce que combinent ces hommes exaspère, monte vers sa maîtresse, descend, remonte et descend de nouveau; on sent dans ses mouvements nerveux l'agitation de son esprit.

Malgré la défense que lui en a faite Madeleine, elle s'échappe de l'habitation et va voir de loin les événements.

Elle arrive ainsi à la maison de l'ex-gouverneur, qui a été envahie et dont le pillage a commencé. Elle assiste, le cœur serré, à la dévastation de cette somptueuse demeure. Ici, des hommes s'emparent des pendules, des candélabres, des girandoles et de tous les objets d'art qui faisaient l'admiration des visiteurs; là, ce sont les tapis, les meubles qu'on enlève, avec les riches tentures, les portraits et les tableaux de toute cette famille qui n'a jamais voulu que le bien de ceux qui la dépouillent aujourd'hui. Le cœur de la négresse se révolte à la vue d'un homme âgé, pliant sous le poids d'un grand portrait qu'il emporte sur ses épaules. Les traits peints sur la toile représentent ceux d'un vieillard, à l'air vénérable et majestueux, dont le costume indique une époque reculée : c'est quelque aïeul du gouverneur. Il va aller orner la demeure de *l'homme devenu libre*, qui n'aura pas demain de quoi se nourrir et se vêtir, mais qui se sera du moins enrichi d'un portrait de famille des *blancs*. — A moins que vous ne soyez un serviteur fidèle, et que vous vouliez préserver du pillage cette relique aimée de vos maîtres (1), prenez garde, vieillard, que cette noble figure qui, au salon d'honneur du gouverneur, souriait dans son cadre aux géné-

(1) Quelques exemples de ce genre se sont produits en Amérique à cette époque, comme en 1793, sur notre sol français.

rations émues, n'aille porter, avec son dédain, la malédiction dans le séjour nouveau où vous l'appelez à figurer.

Là, le portrait d'une jeune et jolie femme est la risée de cette multitude grossière qu'excitent quelques soldats nordistes, en vomissant des paroles obscènes et infâmes. L'un de ces derniers, brandissant son sabre devant cette toile, feint de lutter contre elle, et, après plusieurs passes simulées, il enfonce la pointe de son arme dans la gorge de la jeune femme. Immédiatement, les éclats de rire des soldats et des nègres approuvent ce trait d'esprit qui caractérise si bien chez eux les instincts du moment.

Flavia, l'œil humide, suit les différentes phases de ces scènes sauvages.

Pauvres maîtres, pauvres enfants, pense-t-elle, et elle élève les yeux vers le ciel, d'où elle implore le secours qu'elle sait ne plus pouvoir venir des hommes.

Les négresses, à la suite de leurs époux et de leurs fils, envahissent aussi l'habitation, et les voilà s'emparant des toilettes,

des robes de soie et de velours, des cache-
mires, des dentelles et des bijoux. Quelques-unes d'entre elles, descendant avec
leur butin sur la terrasse qui sépare le jardin
des salles de réception du bas, s'affublent,
séance tenante, des dépouilles des nobles
dames, à la satisfaction de tous ceux qui
les entourent.

Appuyée sur le petit mur qui bordait la
terrasse, et dissimulée par les branches
d'un arbuste, la nourrice de Madeleine
semblait clouée sur place. Son œil inquiet
suivait ces mouvements désordonnés, et
son cœur battait à se rompre. Son émotion
augmenta encore lorsque, tout à coup, au
milieu de bravos et de cris de joie, apparut une négresse, grande et forte femme,
revêtue d'une robe de soie bleu de ciel, à
longue traîne, sur laquelle s'étalait un ca-
chemire de l'Inde, retenu sur la poitrine
par une grosse épingle en brillants. A ses
oreilles pendaient des rubis superbes, et
des médaillons étaient attachés à son cou
par des chaînes de perles et d'or. Cette

17.

femme faisait l'admiration générale des
amis qui, moins par complaisance pour la
négresse que par dérision pour la dame
qu'on voulait imiter, apportaient des bra-
celets, des nœuds de dentelle, des bou-
cles, des rubans, fruits de leurs larcins,
dont ils attifaient la négresse qui riait aux
éclats de son déguisement. Chaque ornement nouveau ravivait la gaieté générale,
qui fut à son comble lorsque, triomphant,
un grand nègre arriva, apportant un chapeau, pourvu d'une longue plume blanche,
qu'il venait de découvrir dans une armoire,
et qu'il enfonça sur la tête de la matrone.
Cette dernière, devenue grande dame, se
mit à arpenter la terrasse à pas précipités
et, tournant la tête de droite, de gauche,
avec un geste de bras superbe, elle agitait
un éventail qu'elle tenait à la main. L'hi-
larité, qui était générale, devenait de la
frénésie chaque fois que la traîne de la robe,
gênant la marche de la négresse, celle-ci
lui imprimait un mouvement de recul par
un coup de pied, lancé vigoureusement

en arrière. Un nègre, d'une douzaine d'années, accourut remplir le rôle de porte-
queue, aux applaudissements de la foule
sauvage qui, dans son délire, finit par porter
en triomphe la négresse et son suivant.

Flavia, toute tremblante, ne pouvait cependant détacher ses yeux de ce hideux
spectacle. Au milieu de ces fous, elle apercevait des visages de sa connaissance, et
alors elle mettait sa tête dans ses mains,
et des soupirs s'échappaient de sa poitrine
oppressée. Par instants elle croyait rêver!
Mais, quand elle se rendit à la triste réalité,
elle eut honte de se trouver là, et, tout courant, elle reprit le chemin du Cottage, sans
oser tourner la tête.

Elle arriva pâle, essoufflée, auprès de sa
maîtresse, à laquelle, au milieu de ses
pleurs, elle essaya de raconter tout ce
qu'elle avait vu.

— Oh! maîtresse... maîtresse si bonne...
oh! Madeleine, vous devenir!... mon Dieu!...
mon Dieu!...

Et se laissant aller, elle tomba à genoux,

leva ses yeux vers le ciel, et finit, en pleurant à chaudes larmes, par s'asseoir sur ses
talons. Elle resta longtemps ainsi abîmée
dans sa douleur. Tremblantes et terrifiées,
Mme Burden et Madeleine gardaient un religieux silence. Georgiana, qui était à la
fenêtre, se mit à dire tout à coup :

— Tiens, voilà un nègre qui arrive vers
les cases... les autres viennent autour de
lui... En voilà qui dansent, qui chantent, ils
battent des mains...

D'un bond Flavia fut debout, tandis que
ses maîtresses, cachées derrière les rideaux,
suivaient d'un œil anxieux ces démonstrations joyeuses. La nourrice chercha à faire
disparaître de ses joues les traces laissées
par les pleurs; et, après avoir donné à son
visage un air calme, peu en rapport avec
ses impressions, elle descendit et alla savoir
aux cases la cause de ce mouvement.

C'était un envoyé de la bande joyeuse
qui avait envahi la maison de l'ex-gouverneur. Il était venu raconter aux nègres les
joies de là-bas, faire passer sous leurs yeux,

le tableau de tous les plaisirs dont on s'eni-
vrait à cette fête, et les engager à y venir.
Il leur disait encore que le soir ce serait
splendide, parce qu'une fois le pillage ter-
miné, on mettrait le feu à la maison, ce
qui ferait une jolie illumination sur la
contrée.

De pareilles annonces en semblable temps
étaient bientôt suivies d'une lugubre réalisation. Le soir, Mme Burden, Madeleine et
la filleule de Georges virent, comme dans
la matinée, des flammes s'élever dans l'air
et éclairer de nouveau les alentours de leurs
teintes sinistres : l'habitation de M. Codden
brûlait !

Le silence s'était fait dans l'allée des
cases. Summer-Cottage était désert ; plus
d'autre serviteur que Flavia.

Les nègres avaient suivi le mouvement
devenu général, et étaient allés grossir le
nombre des pillards et des incendiaires.
Prévoyant une nouvelle nuit d'angoisse, et
ne voulant pas que la petite Georgiana, si
impressionnable, fût témoin de scènes péni-

bles, on donna l'ordre à Flavia de coucher
l'enfant, mais de ne pas la déshabiller, de
façon à ce que, si la fuite devenait nécessaire, elle fût prête à être emportée. Madeleine, dès qu'elle avait aperçu les flammes,
avait pris les mêmes mesures à l'égard de
Mina, que la vue de l'incendie aurait été
capable de surexciter, et ne descendit de
la chambre de la folle que quand elle la
vit plongée dans un sommeil calme et pro-
fond. Elle installa la nourrice près du lit
de sa petite cousine, puis, prenant le bras
de sa tante, elle sortit de la maison.

Les deux malheureuses femmes avaient
besoin de respirer un peu l'air et de se
communiquer plus librement leurs tristes
impressions. Machinalement elles suivirent
la route que les nègres avaient dû parcourir
en se rendant chez l'ex-gouverneur. Elles
ne s'en aperçurent que lorsqu'elles furent
presque arrivées à la limite de leurs propriétés. Cachées derrière le feuillage d'une
haie vive, elles purent voir tout ce qui se
passait sur la plantation voisine. C'était

une scène horrible, une véritable orgie tumultueuse, terrible continuation de la précédente. Les nègres, ivres pour la plupart, faisaient en ce moment, autour de la maison qui brûlait, une immense ronde. Leurs cris redoublaient chaque fois que le feu faisait une nouvelle trouée.

La négresse, revêtue des habits décrits par Flavia, était restée la reine de cette scène, digne des enfers. Juchée sur un immense tonneau, décoré de draperies diverses et dont le contenu avait servi aux libations de la fête, la souveraine de ce peuple insensé se prélassait à moitié ivre dans un fauteuil. Elle ne tenait plus l'éventail ; mais un verre, qu'elle portait de temps à autre à sa bouche, l'avait remplacé.

A tout instant un de ses sujets venait s'incliner devant cette majesté repue, qui ne répondait plus que vaguement aux hommages qu'on lui adressait. Le petit porte-queue était étendu à ses pieds, la tête appuyée sur les genoux de sa maîtresse.

Mme Burden et sa nièce, fascinées par ces

scènes hideuses, en suivaient toutes les péripéties. La danse échevelée avait pour
orchestre les cris sauvages que poussaient
les nègres et le crépitement du bois qui
brûlait. Les flammes gagnaient toujours, et
finirent par atteindre la bibliothèque qui
comptait trente mille volumes et des souvenirs curieux en tous genres.

L'oncle du gouverneur qui avait fait M. Cod-
dèn son héritier, était un homme très connu
en Europe, au commencement de ce siècle.
Il avait rapporté de différents voyages, notamment d'Italie, où il avait séjourné, des
objets de collection merveilleux. Lié avec
les grands hommes de cette époque, et ami
d'enfance de Mme de Staël, il avait réuni là
des papiers autographes et des correspon-
dances de tous ceux qui s'étaient fait un
nom dans les lettres ou dans les arts. Les
habitants de Summer-Cottage, qui avaient
eu souvent l'occasion d'admirer ces richesses,
ne purent retenir un cri d'effroi à la vue
des flammes qui allaient les anéantir en un
clin d'œil.

Grâce au bruit de l'incendie et aux hurlements des noirs, à leurs danses, à leur
ébriété, ce cri ne fut pas remarqué.

L'habitation du gouverneur était composée
de trois corps de bâtiments. Le principal
avait vue sur une terrasse qui dominait le
jardin; et les deux autres, moins élevés,
placés de chaque côté, s'allongeaient par
derrière, formant une vaste cour intérieure.
La bibliothèque et un cabinet de curiosités
remplissaient l'un d'eux tout entier; c'était
là que le feu exerçait ses ravages, et que
les trésors, amassés avec peine, se consu-
maient, à la joie, de plus en plus vive, des
inventeurs de ces scènes de désastres. Bon
nombre des incendiaires, las enfin de danses
et de boisson, s'étaient couchés à terre, et
regardaient d'un œil hébété le travail de destruction qui se poursuivait seul; quelques-
uns dormaient autour du tonneau, dont les
flancs servaient d'appui à leur tête. Leur
reine, de temps à autre, promenait encore
un œil hagard sur son peuple en délire;
mais les voiles noirs et pesants, jetés sur

ses esprits par le vin, finirent par endormir
non seulement l'imagination de la souveraine, mais la souveraine elle-même.

Tout à coup, le toit du bâtiment principal,
dont les poutres étaient minées par le feu,
s'effondre, et sous son choc plusieurs pièces
de bois embrasées sont lancées en dehors
de la maison et tombent sur les nègres qui
se sauvent, se bousculent et poussent des
cris inhumains. Leur frayeur est si grande,
qu'ils ne s'aperçoivent pas, au milieu de la
bagarre, que la reine est en danger. Les
projectiles semblent viser spécialement le
trône, dont les tentures prennent feu, et les
flammes immédiatement enveloppent la négresse de toutes parts.

Ceux qui dormaient autour d'elle se sont
enfuis, de même que l'enfant couché à ses
pieds, qui d'un bond a sauté à terre. Restée
seule, et sous l'écrasement des derniers
verres de wiskey, la négresse ne se rend pas
compte d'abord du danger qu'elle court.
Mais elle se réveille enfin, et, à travers un
nuage d'épaisse fumée et de flammes, elle

s'agite et cherche à fuir, lorsque, atteinte à la tête par une pièce de bois, elle tombe et ne fait plus que deux ou trois mouvements sur le tonneau embrasé. Ce trône improvisé se change en quelques minutes en un bûcher ardent, où périt la majesté noire dont le règne vient de finir...

Un nouveau cri de terreur s'échappa de la poitrine de nos deux spectatrices qui, craignant d'être vues, reprirent le chemin du Cottage. Les scènes auxquelles elles venaient d'assister les laissaient sans forces; et, s'appuyant sur le bras l'une de l'autre, elles rentrèrent en n'osant échanger que des soupirs. Toutes deux comprenaient la gravité de la situation. Summer-Cottage, qui avait été jusque-là épargné par ces forcenés, tandis que les deux habitations les plus proches, celles de MM. Tauvel et Codden, avaient été réduites en cendres, Summer-Cottage aurait son tour, et instinctivement nos amies se pressaient les mains et, par ce langage muet, se témoignaient l'une à l'autre les craintes indicibles qu'elles éprouvaient.

On conçoit quelle nuit s'ensuivit pour
elles. Le cri rauque de quelque nègre aviné,
passant sous leur fenêtre, ou des chants dia-
boliques qui semblaient se rapprocher du
Cottage, les faisaient frissonner. Elles cher-
chèrent de nouvelles forces dans la prière.
Les grains de leurs chapelets défilaient entre
leurs doigts fébriles, et rien ne rendra
l'expression de leurs voix suppliantes lorsqu'elles disaient à la Vierge : « Priez pour
nous. »

Le jour les surprit dans ces entretiens
avec le Ciel, que rien de fâcheux au Cottage
n'était venu interrompre. Madeleine insista
auprès de sa tante, pour qu'elle allât se
reposer des fatigues et des émotions de la
journée. Mme Burden y consentit, à la condition que Madeleine en ferait autant; et toutes
deux harassées se jetèrent un moment sur
leurs lits.

XIV

Nous avons essayé de peindre fidèlement les souffrances de toute une population qui luttait avec l'énergie du désespoir et un dévouement infatigable pour la défense de sa patrie et de ses foyers. Les blessures d'un cœur français se ravivent au récit des malheurs du Sud pendant la guerre de Sécession, et les femmes de notre chère Alsace et de notre belle Lorraine comprendront facilement la passion ardente et patriotique qui s'empara alors des femmes des confédérés, elles qui, pendant la triste guerre de 1870-71, surent montrer, en présence de l'ennemi, une si grande générosité de cœur pour la patrie, et une haine si implacable pour le vainqueur. L'hommage que Montalembert rendit aux femmes du Sud (1), pourrait s'adresser aussi aux femmes de France, qui poussèrent leur devoir jusqu'à l'héroïsme, et qui n'eurent, hélas! comme les Sudistes, que des larmes à répandre à la cessation des hostilités. — « Il a fallu quatre ans et sept cent mille hommes pour venir à bout de Richmond, la capitale du Sud. Quels hommes? et aussi, et surtout, quelles femmes! Filles, épouses, mères, les Américaines du Sud ont fait revivre en plein dix-neuvième siècle le patriotisme, le dévouement, l'abnégation des Romaines au plus beau temps de la République. »

Et si nous avons trouvé des rapprochements à faire entre la population du Sud et notre malheureuse population française, lors de nos derniers désastres, n'en trouverionsnous pas aussi entre les soldats de Lee et nos soldats auxquels Dieu vient récemment de refuser le succès, quand, dans maints glorieux combats, depuis les croisades jusqu'à

(1) Dans un article du *Correspondant*, 25 mai 1865.

10s jours, ils avaient fait flotter victorieu-
sement le drapeau de la France. Ici, comme
là-bas, se rencontra l'élan fougueux du guerrier, s'acharnant contre un ennemi dont le
nombre seul suffisait à l'écraser; comme
là-bas, le soldat, déçu à l'avance dans ses
espérances, dans ses rêves de gloire, luttait, luttait toujours, et disputait pied à
pied le terrain de la patrie, pour garder
son honneur jusque dans la capitulation!

Mais la terrible guerre américaine n'était
point terminée. Au moment où, l'incendie
menaçant Summer-Cottage, Mme Burden et
Madeleine cachaient leurs objets les plus
précieux, le général Grant avait succédé au
général Mac-Clellan, entre les mains duquel,
par deux fois, fut remis le commandement
de l'armée du Nord. Ce nouveau chef, ayant
fait de Richmond le centre de ses attaques,
imprima une marche toute différente à ses
bataillons comme à sa tactique. Le général
Lee avait à grand'peine rassemblé cin-
quante-deux mille hommes pour opposer
une résistance désespérée à la redoutable

armée du Nord, augmentée de celle du Potomac, qui apportait à elle seule cent quarante-huit mille hommes. « J'userai les forces de Lee avant qu'il use les miennes », avait dit Grant, et dans les circonstances présentes ce n'était pas trop présumer. Lee avait prévu, dès les premiers mois de l'année 1864, que le moment de négocier était venu, et il en avait averti le président Davis; mais hélas! ce dernier, pas plus que le gouvernement tout entier, ne voulut croire que semblable mesure fût devenue nécessaire, et on dut poursuivre la résistance.

Le 5 mai, le général Grant, qui avait passé le fleuve Rapidan, traversa le désert de broussailles et d'épines appelé la Wilderness, et se disposait à sortir de ces fourrés épais pour déployer au dehors ses régiments, quand tout à coup il fut attaqué par la petite armée sudiste qui, cachée derrière ces herbes sauvages, guettait la sortie des soldats ennemis et se précipita sur eux avec un acharnement inouï. Georges était dans

es rangs de cette vaillante troupe, qui fit
eculer ce soir-là les Nordistes, et contre
aquelle, dès le lendemain matin 6, ils enga-
èrent de nouveau le combat. La lutte fut
anglante et dura quinze heures, et quand
int la nuit, elle continuait toujours. De part
t d'autre, les rangs s'éclaircissaient, mais
n masquait les pertes et on reprenait
'offensive avec une nouvelle furie. Les
édéraux perdirent vingt mille hommes, les
onfédérés en eurent sept mille hors de
ombat. Là, comme ailleurs, la lutte finie,
es flammes s'élevèrent au-dessus des bois
t des broussailles de la Wilderness.

Grant résolut alors de faire reculer Lee,
n se plaçant entre lui et Richmond, et il
ctiva la marche de ses troupes; mais quel
e fut pas son étonnement de trouver Lee
ccupant, avec ses soldats, les positions qu'il
omptait prendre à Spottsylvania. Ce fut
insi que, pour la seconde fois, Richmond
e trouvait imprenable, grâce à la vaillante
pée du général, qu'on appela plus tard *le
oble vaincu.*

18

Les quatre jours suivants furent des jours
de combats, et des deux côtés, l'attitude fut
ferme et digne. Une seule fois cependant,
on put craindre une déroute du côté des
confédérés. Le canon nordiste dispersait
leurs rangs et écrasait en particulier la bri-
gade du Texas qui fit mine de se retirer.
Lee s'aperçut de cette faiblesse, et, s'élançant à leur tête, il réussit, par son exemple,
à leur rendre le courage, si bien que les
Texiens enthousiasmés s'écrièrent :

« Lee à l'arrière... Lee à l'arrière... Nous
irons seuls !... »

Et ils le supplièrent de se retirer, de peur
qu'il ne tombât sous la mitraille. Le général
dut céder; mais un de ses officiers d'ordonnance, qui l'avait suivi, resta au premier
rang, continuant de maintenir l'élan que
son général venait de rendre aux soldats.
Cet homme, c'était Georges, qui conservait,
sous le feu, le sang-froid et la fermeté de
caractère qu'il apportait autrefois dans ses
plus paisibles travaux. Les fédéraux durent
abandonner le terrain.

Ce fut encore Georges qui, voyant dans une rencontre un officier ennemi désigner à ses artilleurs le général Lee, comme le but principal vers lequel devait se diriger leurs coups, saisit le fusil chargé que portait un soldat, et le tournant vers cet officier, s'écria dans le langage hardi du Macédonien Aster :

A l'œil droit de Philippe.

Et le Nordiste était tombé pour ne plus se relever. Tant de traits de bravoure ne pouvaient échapper au regard exercé et plein de bonté du général en chef, et il nomma successivement son officier d'ordonnance capitaine, puis *colonel à brevet* (1).

Mistress Lee, chassée tour à tour de ses deux propriétés de la Maison-Blanche et de Mont-Vernon, était venue, en dernier ressort, se réfugier à Richmond. Là, cette noble

---

(1) En Amérique, pour récompenser les actions d'éclat ou les services exceptionnels, on délivre des brevets qui constituent à un officier un titre supérieur à celui de son grade et de son commandement. On l'appelle alors *capitaine à brevet, colonel à brevet, général à brevet,* pour le distinguer des titulaires effectifs de ces grades.

femme du général sudiste, qu'une paralysie
prématurée clouait sur son fauteuil, con-
sacra le peu de force que lui laissaient les
souffrances au service des blessés et des
malades. Elle était admirablement secondée
par ses filles, qui suivaient les exemples de
charité et de patriotisme que tous les membres de cette famille donnaient si généreusement. Le conseil des anciens de la ville,
par reconnaissance pour le général Lee, vota
à l'unanimité l'achat d'une maison pour
abriter la famille du héros. Mais Lee qui
l'apprit, dépêcha Georges auprès du conseil
pour décliner son offre généreuse, et le prier
de consacrer la somme votée au soulage-
ment des victimes de la guerre. Le retour
du jeune homme auprès du général, auquel
il put apporter des nouvelles relativement
bonnes de mistress Lee et de ses filles, fit
pour un moment battre joyeusement le cœur
de l'époux et du père ; mais hélas ! le canon
qui grondait non loin de là, et contre lequel
il allait commander la riposte, le rendit aux
tristes impressions du moment.

Les forces de, Lee diminuaient. Il avait
demandé à plusieurs reprises des hommes
et des munitions, et rien n'arrivait. Son
armée n'avait plus qu'une seule ligne ferrée
qui la mettait en communication avec les
provinces du Sud, et cette ligne, sur laquelle
elle comptait, n'apportait pas les secours
demandés à grands cris. Lee, le 3 juin, vit
s'avancer contre ses troupes une armée
innombrable. Avec la prévoyance dont il
donna tant de preuves pendant la guerre,
il avait caché ses hommes sur les rives
du Chikahominy, derrière des ouvrages de
terre qui les abritaient comme une forteresse. Grâce à son excellente position, la
petite armée sudiste put soutenir la lutte
avantageusement, et fit de ses ennemis un
horrible carnage : treize mille Nordistes tombèrent sous ses balles! Lee ne perdit que
douze cents hommes. Là encore, le nombre
fut vaincu par la tactique.

Mais on conçoit que cette lutte inégale,
soutenue depuis des années, épuisait de plus
en plus les forces des confédérés. Avec

18.

l'hiver qui revint, les souffrances se ravivè-
rent encore. Aucune denrée ne pouvait pénétrer par les ports bloqués. Le général
Sherman, qui avait continué la marche
victorieuse dont nous avons parlé, avait
coupé toutes les communications du théâtre
de la guerre avec les autres États confédérés,
et Lee voyait le moment où ses soldats tom-
beraient de faim et de froid en face de l'ennemi. Un témoin, M. Cookes, raconte « que
les soldats avaient 125 grammes de lard
rance pour ration journalière. La farine de
blé ou de maïs, dont ils recueillaient une
poignée, était moisie. Le café, qui se faisait
avec de la poudre de pommes de terre
brûlée, et le sucre étaient un luxe accordé
seulement de temps à autre, aux grandes
occasions, et les rations microscopiques faisaient rire de pitié ceux qui les mesu-
raient (1)... » — Voilà pour la nourriture.
Quant aux vêtements, ils ne méritaient plus
ce nom : c'était des haillons, débris de toutes

(1) *Un vaincu* (Mme B. Boissonnas, p. 223).

sortes d'habillements, qui recouvraient ces malheureux. Sous ces lambeaux, le soldat sudiste se reconnaissait encore à son allure fière et martiale.

Un des hommes dont la France naguère s'honorait, le poète Hugo, venait d'égarer son génie dans une de ses romanesques et volumineuses productions à sensation, intitulée : *Les Misérables*. Cet ouvrage avait été traduit en anglais, et de grandes affiches qui annonçaient cet ouvrage couvraient les murs de Petersburg. Les soldats de la brave armée de Lee trouvèrent à s'égayer au milieu de leurs souffrances, en se nommant eux-mêmes « *les Misérables de Lee* ». Ce titre leur plaisait, et ils paraissaient sentir moins leurs misères, en s'abritant sous le nom de leur chef bien-aimé !

Chaque coup de canon qui grondait non loin de Richmond, faisait trembler son sol et vibrer les vitres des maisons, en même temps qu'il résonnait péniblement dans le cœur des habitants. Mistress Lee, comme toutes les femmes qui avaient un époux ou un fils contribuant de son corps à faire un rempart à la ville, frémissait et priait. Hélas! elle pouvait se demander si le coup qu'elle entendait ne venait pas de frapper un être qui lui était cher!

A cet hiver de 1864-1865 succéda un printemps sans gaieté, qui n'amena d'autre réveil dans l'âme du soldat sudiste que celui de la réalité d'une situation horrible. Lee crut le moment venu de proposer au gouvernement d'évacuer Richmond. Il comptait avec ses troupes protéger la retraite, puis se jeter dans les montagnes du Blue-rige, et prolonger la lutte. Mais le président Davis ne voulut pas quitter la capitale, ni voir s'éloigner l'armée. Le général fut obligé de se soumettre et d'abandonner son plan de retraite, auquel de nouveaux revers, il n'était que trop aisé de le prévoir, devaient le ramener bientôt.

Dès la fin de mars, il essaya d'arrêter Grant dans ses efforts pour approcher de la ville. Celui-ci tenta, en effet, une vigoureuse attaque, le 29 de ce même mois. Le général

sudiste se multipliait et, par l'intermédiaire
de son état-major, cherchait sans cesse à
se mettre en communication avec le soldat.
Quels soins, quels exemples ne fallait-il
pas pour relever le moral de trente-deux
mille combattants qui savaient avoir en face
un ennemi fort de cent cinquante mille
hommes! La riposte du feu des Sudistes
était peu nourrie, artilleurs et munitions
faisaient défaut. Dans une lutte de quatre
jours consécutifs, où la disproportion énorme
des forces en présence rendait la résistance
un problème d'héroïsme et de tactique,
Georges eut à surveiller tout particulièrement les mouvements de l'artillerie. Ce
corps, tant de fois engagé, avait été plus
que tous les autres décimé par l'ennemi.
Le jeune officier paya de sa personne, et
plus d'une fois on le vit prendre la place
de quelque canonnier qui tombait. Il semblait que la Providence veillât sur lui et
sur son général d'une façon toute spéciale :
autour d'eux la mitraille pleuvait sans les
atteindre! Les soldats tombaient, mais sans

fléchir. Ils n'abandonnaient le terrain que pied à pied, et l'ordre impérieux des chefs pouvait seul les arracher à la lutte. Ainsi, au fort de Gregg, lorsqu'après un assaut désespéré, les troupes nordistes l'envahirent, ils ne trouvèrent plus que trente hommes ; deux cent vingt étaient morts sur la brèche.

La jonction des armées de Sherman et de Grant était prévue, il ne restait plus pour Lee qu'une retraite digne. Il n'avait pas de temps à perdre, car il fallait gagner de vitesse les deux armées prêtes à se réunir, pour passer entre elles et atteindre la Caroline du Nord, en évitant les campements des assiégeants de Richmond. Là, mais là seulement, Lee pouvait négocier avec un ennemi moins implacable, puisqu'on aurait cessé d'être cerné par lui. Son armée marcha pendant trois jours, n'ayant de vivres que pour une seule journée. L'espoir de gagner rapidement Amélia, où l'on comptait trouver des approvisionnements, redonnait de l'élan et du courage.

Aussi quels cris de joie, quels chants patriotiques s'échappaient de la poitrine de ces
braves, à la vue de la station d'Amélia, dont
les toitures reluisaient au soleil! Ils y
voyaient déjà, avec une satisfaction non
équivoque et bien naturelle en leur triste
état, la perspective d'un bon repas. Les ap-
pétits étaient singulièrement aiguisés et l'on
s'apprêtait à faire une rude brèche aux vivres. Les souffrances de tant de jours, de
tant de mois allaient être oubliées en un
instant... Hélas! le malheur qui poursuivait
nos héros du Sud se montra plus rigoureux
que jamais! Amère déception et véritable
douleur! les wagons de provisions com-
mandées et envoyées au-devant d'eux venaient, par suite d'un ordre mal donné ou
mal compris, de partir pour Richmond.

XV

Nous avons laissé Mme Burden et sa nièce sur leurs lits, se reposant de leurs fatigues et de leurs tristesses. Il était une heure de l'après-midi, lorsque Flavia pénétra dans leurs chambres, pour les engager à prendre quelque nourriture. Elles se rendirent à son désir et descendirent au rez-de-chaussée, dans la salle à manger. Pendant le repas, Georgiana, dont l'imagination enfantine avait été frappée des incendies et du départ des esclaves, faisait mille questions, sans songer que chacune d'elles augmentait les pénibles préoccupations de ses parentes :

— Enfin, Madeleine, ils ne mettront toujours pas le feu à Summer-Cottage, n'est-ce pas?... Vous les aimiez et vous étiez si

19

bonne pour eux...; pourquoi brûleraient-ils l'habitation?... dites?... pourquoi?...

La jeune fille n'avait pas répondu, qu'on frappait d'un violent coup à la porte d'entrée de la maison. Flink, qui était couché sous la table, près de ces dames, fit un bond et, paraissant en proie à une grande fureur, se mit à aboyer, comme il ne l'avait jamais fait encore. Il sentait l'ennemi. Flavia courut ouvrir, et, presque en même temps qu'elle, entra dans la salle à manger un sous-officier, accompagné de cinq hommes. Par la porte restée entr'ouverte, on apercevait une multitude de têtes : c'étaient des nègres qui surveillaient de loin la démarche du chef nordiste et en attendaient le résultat. Bientôt après, une autre bande de noirs faisait irruption dans le jardin et venait se poster sous les fenêtres du rez-de-chaussée. De là ils plongeaient leurs regards dans la salle. Ceux qui, par leur taille ou par l'éloignement, ne pouvaient atteindre à la hauteur des fenêtres montaient sur les épaules de leurs voisins. Chacun d'eux avait sous le bras un sac pour emporter sa part du pillage.

Sur un signe de Madeleine, Flavia entraîne Georgiana au second étage. Elle-même va s'assurer de la tranquillité de Mina, et calmer l'enfant, fort effrayée de cet envahissement de Summer-Cottage.

— Je viens par ordre supérieur, dit le sous-officier, constater l'état légal de votre propriété. Les maîtres sont-ils ici? S'ils y sont, qu'ils répondent immédiatement aux réquisitions que nous sommes obligés de faire; s'ils n'y sont pas, j'ai des ordres sévères à exécuter, et les biens, vous le savez, devront être immédiatement confisqués.

— C'est moi, qui suis la maîtresse de céans, dirent à la fois les deux femmes, voulant s'éviter l'une à l'autre les ennuis faciles à prévoir, après semblable début.

— Vous, ma bonne tante! oh! non, c'est moi.

— C'est moi, chère enfant, c'est à moi de répondre à monsieur.

— Non, ma tante, dit la jeune fille en

pressant les mains de Mme Burden, je ne puis accepter semblable générosité. monsieur l'officier, c'est moi, Madeleine de la Jarnage, la maîtresse de Summer-Cottage, que vous faut-il, je répondrai.

— Madeleine,... hasarda encore la tante.

— Non, ma tante, pas de subterfuge, je comprends que vous ayez peur pour votre nièce, qui est encore bien jeune et bien inexpérimentée!... mais, si d'autres ont pu craindre, je ne crains rien, moi. Je sais, dit-elle, en s'adressant au sous-officier, que vous êtes soldat, que vous êtes notre ennemi, mais je sais aussi que quiconque a une épée au côté sait agir en homme d'honneur, et je n'ai pas peur... parlez, que vous faut-il?

— D'abord, avez-vous des hommes à l'armée?

— Est-ce pour le savoir que vous venez ici?

— J'aurai aussi des réquisitions à faire.

Et ses yeux allèrent se fixer sur la table, où se trouvait, en raison du déjeuner, une

partie de l'argenterie conservée pour l'usage
journalier.

— On satisfera à ces réquisitions; mais
avant cela, je tiens à parler.

— Comment, madame? mais...

— Oui... vous visiterez toute la maison,
sous ma conduite, vous compterez, vous
prendrez, s'il le faut, toutes les provisions;
vous verrez le vin dans la cave, vous le don-
nerez à vos hommes si vous le voulez; mais
avant tout cela, comme je l'ai dit, je tiens,
moi aussi à parler et je parlerai.

Puis élevant la voix et désignant la
foule :

— Pourquoi ces hommes sont-ils là?
Je suis femme, et je n'ai pas besoin de
faire de discours devant ces masses at-
troupées. Si vous êtes le chef de vos soldats,
moi, je suis le chef de ma maison... je ne
veux pas être donnée en spectacle chez
moi... renvoyez cette foule.

Et en disant ces mots, elle s'avançait fièrement, d'un air de commandement. Le
sous-officier, surpris et interdit du ton de

la noble enfant, se retourna vers ses hommes, dont les physionomies portaient l'empreinte de l'étonnement, et donna l'ordre à trois d'entre eux d'aller, deux à droite dans le jardin, et le troisième à gauche, vers la porte d'entrée, et de faire reculer la foule à cinquante mètres de distance.

Il ne resta plus dans la pièce que l'officier et deux hommes. Alors Madeleine, reprenant la parole :

— Nous voilà assez pour discuter : vous êtes trois, nous ne sommes que deux. Que le reste de vos hommes n'entre pas ici, avant que nos débats soient terminés.

L'officier, de plus en plus décontenancé en face de cette attitude digne et fière, s'excusa presque :

— Ne vous inquiétez donc pas, mesdames; si vous êtes en règle avec la loi, rien ne vous arrivera de fâcheux, mais j'ai des ordres, je dois les exécuter. Et aussitôt il commença l'interrogatoire :

— Si mademoiselle est la maîtresse du lieu, où est son père?

— Hélas! ses cendres reposent non loin d'ici, au fond de la propriété.

— Et n'y a-t-il pas un frère? De combien de membres se compose la famille?

— Voilà ma tante, fit Madeleine, la sœur de mon père; le frère de ma mère est en ce moment à Sandhill, dans les propriétés de ma tante. Si au lieu d'aujourd'hui vous aviez passé dans trois jours, vous l'eussiez trouvé.

Un des soldats intervint en ce moment.

— J'ai entendu dire qu'il y avait deux hommes ici?

— Avant que la mort ne fût entrée dans notre famille, nous étions nombreux ici, c'est vrai.

— Oui, est-il exact que parmi vous il y ait deux hommes?

— Comme je vous le disais : ma tante, l'enfant que vous avez vue tout à l'heure, moi, une folle qui habite le second étage et la négresse, voilà les seuls habitants de Summer-Cottage.

— Dans ce moment, mais auparavant?

— Auparavant, nous étions en France, et

nous ne sommes revenus ici, que depuis la déclaration de la guerre. Ma tante seule était en Amérique. Mon oncle et tuteur, qui habite ordinairement avec nous, est atteint d'une complète surdité et ne peut remplir aucun service militaire.

A ce moment, des pleurs, des cris poussés dans l'escalier se font entendre, c'est Georgiana qui, inquiète et n'y tenant plus, veut échapper à la vigilance de Flavia. Madeleine, comprenant ce qui se passe, ouvre la porte et dit à sa nourrice :

— Laisse-la venir, Flavia, et va garder Mina.

Dès que Georgiana fut entrée :

— Eh bien, monsieur l'officier, si vous mettez ma véracité en doute, faites vos questions à cette enfant, demandez, elle vous répondra.

La pauvre petite, effrayée de ces paroles, courut se blottir dans la robe de sa grand'-mère. Le sous-officier quoiqu'un peu déconcerté par les réponses de Mlle de la Jarnage, lui demanda néanmoins :

— Et le père de cette enfant, où est-il?

— Ses vêtements noirs vous répondent, de même que ceux de son aïeule et les miens, ils vous disent que votre loi est satisfaite; vos balles ont fait de cette enfant une orpheline. Voyez ce que le souvenir de cette perte amène d'émotion chez la vénérable grand'mère. Non', monsieur l'officier, tout ici témoigne de vos succès, mais aussi tout vous impose le respect dû au malheur... Venez, montez au second étage, chez la folle, dont je vous parlais tout à l'heure; mais prenez garde que, répondant par des questions aux vôtres, la pauvre insensée ne vous jette dans l'embarras. La balle nordiste qui la priva d'un époux et lui enleva du même coup la raison, sifflera cruellement à vos oreilles, quand vous entendrez les reproches ou les rires de cette infortunée. Ainsi là-haut comme ici, tout dans cette habitation vous parle des satisfactions obtenues par le Nord; venez finir de les constater par vous-mêmes et commencer les réquisitions annoncées.

19.

Ce disant d'un air plein de dignité, elle ouvrit la porte et sortit, suivie du sous-officier. Elle commença par le salon, où, avec une affectation toute particulière, elle lui montra les objets d'art, les tableaux de prix, les glaces, la pendule et les candélabres.

— Voyez, monsieur, lui dit-elle, et que votre choix se fasse.

L'officier suivait, sans presque oser lever la tête, tant était grand son embarras. Puis on passa dans les cuisines et les offices dont Madeleine ouvrait tous les buffets et les armoires. Ensuite Mlle de la Jarnage conduisit l'officier aux étages supérieurs. Une maligne vengeance poussait la jeune fille à lui désigner plus spécialement les objets qui, jusque-là, avaient surtout excité la convoitise du vainqueur dans les habitations voisines. En arrivant près de la porte de la folle, entendant parler et rire, le sergent demanda :

— Qui est là?

— Vous allez le voir, reprit Madeleine, et elle poussa la porte de la chambre de Mina.

Celle-ci était près de la fenêtre depuis un

moment, faisant mille gestes de mépris, d'impatience et de colère, en voyant les nègres
réunis dans le jardin; tenant d'une main un
tabouret, elle s'efforçait de l'autre d'ouvrir la fenêtre pour jeter le meuble sur
la foule. Flavia, qui maintenait l'espagno-
lette, recevait dans la lutte maintes contu-
sions. A la vue de l'officier entrant à la
suite de Madeleine, Mina s'élançant sur lui
et le tirant par la manche de son uniforme :

— John ! donnez-moi John !... cria-t-elle,
le porte-drapeau, qu'en avez-vous fait?

Et ne recevant pas de réponse, elle
courut reprendre le tabouret et, le brandissant en l'air, elle le jeta de toutes ses forces
contre le Nordiste. Il put esquiver le coup,
tandis que Mlle de la Jarnage s'approchant
de la folle, lui prit les mains et la regardant
sévèrement lui dit :

— Mina, c'est très mal ce que vous faites,
et je serai obligée de ne plus vous garder, si
vous continuez.

Ces mots parurent la calmer un peu, et
Madeleine en profita pour faire sortir le sous-

officier dont la vue avait surexcité les nerfs
de la malade. Elle ordonna à Flavia de la
bien veiller et de sonner immédiatement, si
elle avait quelque chose à redouter. Mais la
négresse savait trop combien Madeleine avait
à faire, et elle était résolue d'avance à ne
pas user de son intervention. Mina, depuis
quelques mois, avait fini par supporter Flavia plus facilement. Il avait fallu la présence
des Nordistes pour la bouleverser et la porter
à frapper sa généreuse gardienne.

Madeleine continua de faire faire au sous-
officier l'inspection de sa maison. Mais, arrivée devant la porte de Mme Burden :

— Ici, monsieur, dit-elle, c'est la chambre de ma tante ; cette pièce sera la seule
que le pied de l'ennemi ne franchira pas.
J'entends chez moi faire respecter les règles
de l'hospitalité vis-à-vis de ma parente, et
d'une femme de cet âge. Si ailleurs l'ennemi
n'a témoigné, à son égard, aucune déférence
pour ses cheveux blancs et pour les vêtements noirs qu'elle porte, je veux que chez
moi pareille chose n'ait pas lieu. La belle-

mère d'Henry Legare, qui est venue abriter à Summer-Cottage ses douleurs et ses années, sera défendue par sa nièce; moi vivante, sa personne, et rien de ce qui lui appartient, n'aura à souffrir de l'ennemi.

Le soldat sembla vouloir se redresser devant les accusations détournées de la jeune fille, mais Madeleine l'arrêta :

— Oui, monsieur l'officier, la courtoisie, la bienveillance, qui distinguaient autrefois l'officier américain, se sont évanouies dans la douloureuse guerre imposée au Sud, et nous n'avons rencontré jusqu'ici de la part de nos adversaires que la violation de toutes les lois de l'humanité et l'oubli de toute considération et de toute pitié. Il se peut que vous fassiez partie du nombre, très restreint, de ceux qui n'ont pas répudié les sentiments de loyauté et de délicatesse, je veux le croire... mais toujours est-il que le Sud portera longtemps le souvenir douloureux de vos violations dans son cœur ulcéré, et constatera les traces de votre passage dans l'anéantissement de sa fortune...

Poursuivant son chemin, elle arriva devant sa chambre, dont elle franchit le seuil, toujours suivie du sous-officier. Elle lui en montra les tableaux, souvenirs de famille, deux ou trois médaillons qu'elle portait ordinairement sur elle; puis, allant à son secrétaire qu'elle ouvrit :

— Tenez, c'est ici qu'on trouvera l'argent, ces quelques pièces qui nous restent, et ce papier-monnaie qui demain ne vaudra plus rien. Et d'un geste elle semblait inviter le vainqueur à puiser dans son trésor. Mais le soldat releva lui-même le secrétaire :

— C'est bon, mademoiselle, nous verrons.

Fort embarrassé, tout le temps qu'avait duré cette perquisition, l'officier, pour se donner une contenance, prenait des notes. Lorsqu'ils furent rentrés dans la salle à manger, où était restée Mme Burden, ces dames demandèrent un *satisfecit*, et Madeleine dit en même temps :

— J'oubliais, monsieur, de vous montrer l'argenterie, je sais combien elle est trouvée agréable par les conquérants du Sud, je

pense donc ne pas vous déplaire. Outre celle
que vous avez vue, tenez, en voici d'autre ;
et ouvrant une des armoires de la salle à
manger, elle sort des couverts et tous les
objets d'un service qu'elle étale nerveuse-
ment sur la table.

Une légère rougeur monte au front de
l'officier qui, voulant couper court à ces
mordantes sorties, trop justifiées par les
déprédations de ses camarades, dit qu'il va
délivrer le *satisfecit*, mais à la condition que
deux soldats resteront de planton au Cottage, jusqu'à ce que, le rapport ayant été
fait à l'officier du bourg voisin, celui-ci ait
approuvé cet acte. Cette décision du sous-
officier inquiète Madeleine de nouveau. Va-
t-elle avec Mme Burden rester prisonnière
chez elle, sous la garde de deux soldats ennemis? Madeleine réclame contre cette mesure,
sans parvenir à l'adoucir. Elle conduit alors
le sous-officier dans un petit salon, où elle
a coutume de se tenir, et où il doit trouver
encre et papier pour rédiger l'acte qu'elle
qualifie de rigoureux et de despotique.

Après lui avoir présenté tout ce dont il a besoin pour écrire, se tournant vers lui :

— Vos hommes, dit-elle, doivent être altérés après une matinée si fatigante, je vais leur faire donner des rafraîchissements.

Et elle sortit.

Elle monta chez Mina, et pria sa gardienne d'aller chercher quelques bouteilles de vin pour les porter dans la salle à manger et au dehors aux soldats nordistes. La folle était toujours surexcitée, et accompagnait ses grimaces et ses gestes de menaces dont riaient les nègres et les soldats, ce qui ne faisait qu'augmenter son exaspération. Madeleine essaya de l'entraîner de l'autre côté de la chambre, mais toujours elle revenait vers la fenêtre, criant :

— Ils me diront, les monstres, ce qu'ils ont fait de John !

Puis un rire effrayant succéda à ses provocations et à ses cris de vengeance. Au bout de quelques instants cependant, la présence de sa bienfaitrice semblait l'avoir un peu calmée. Tout à coup la sonnette du petit salon est agitée ; Madeleine comprend que l'officier veut la faire rappeler, et, de son côté, elle sonne Flavia qui, dans la cave ou au jardin, n'entend pas. Quelques minutes se passent et la sonnette du premier étage s'agite pour la seconde fois. La jeune fille, préoccupée et ne sachant que faire, appelle sa tante qui se dispose à aller la remplacer, soit auprès de l'officier, soit chez Mina, lorsque la voix de Flavia se fait entendre. Elle dit à Mme Burden qu'ayant exécuté les ordres de sa maîtresse, elle va remonter auprès de la folle. Madeleine, du haut de l'escalier, entend cette réponse, et trouvant du reste la malade moins agitée, elle croit pouvoir descendre, surtout lorsque la sonnette de l'étage inférieur s'ébranle une troisième fois.

En entrant dans le petit salon, elle revoit l'officier à la table de travail. Il tient entre ses mains un album de photographies, ouvert à la page où se trouve le portrait de Georges.

— Voilà bien des hommes jeunes dans cet album, dit-il ; sans doute, ils sont de votre famille et portent dans ce momeut les armes contre le Nord? N'y a-t-il pas quelque frère parmi eux; la ressemblance de cette figure avec la vôtre, mademoiselle...

— J'ai répondu à toutes les questions que vous avez posées à l'égard de ma famille en entrant dans cette habitation, je m'étonne donc que la vue de cet album vous inspire un nouvel interrogatoire, ce qui serait abuser, en ce moment, du droit du plus fort, dit Madeleine.

Si le sous-officier parut mécontent de ne pouvoir arriver à trouver son interlocutrice en défaut, d'un autre côté, il était émerveillé du ton noble qu'elle donnait à ses paroles, et qui produisait sur lui une impression qu'il n'avait pas éprouvée jusquelà. Madeleine, insensiblement, par l'élévation de ses pensées et par la dignité qu'elle mettait à les exprimer, était arrivée à subjuguer son ennemi. Celui-ci, néanmoins, continuait d'observer la photographie de Georges et de comparer les traits du jeune homme avec ceux de la jeune fille. Madeleine, préoccupée, lui dit :

— N'oubliez pas le but de votre mission à Summer-Cottage, le *satisfecit* pour lequel vous vous trouviez à cette table, et les réquisitions qu'il vous faut faire ici.

— Mademoiselle... mais les ordres dans certaines circonstances peuvent devenir pénibles à exécuter, et en ce moment les réquisitions...

— Pénibles à exécuter, dites-vous, c'est possible, monsieur, mais pas autant qu'à subir; ainsi accomplissez votre tâche. Pour vous et pour d'autres elle a eu des douceurs, poursuivez donc...

— Mademoiselle...

— Monsieur, les événements qui se sont passés autour de moi m'ont révélé jusqu'où peut aller un ennemi insatiable et implacable, et si je ne dissimule pas mes sentiments sur ce point, c'est que ceux qui animent vos vainqueurs ne sont guère dissimulés non plus. A charge de revanche, prenez, réquisitionnez, portez la terreur et le deuil sur nos plantations comme sur celles de nos amis, mais du moins apprenez des

vaincus l'inimitié, la haine que vos actes
ont engendrée.

— Mademoiselle...

— J'ai dit ce que j'avais à dire, à vous
maintenant de remplir votre mission.

Pendant ce temps, la folle, au-dessus,
poussait de vrais hurlements, et l'on entendait de temps à autre la voix de Flavia,
s'efforçant de l'apaiser. Madeleine était d'autant plus inquiète que, du dehors, des hourras, des cris de joie, des battements de mains
répondaient aux invectives de la folle : les
soldats et les noirs étaient aussi insensés que
celle dont ils s'amusaient. L'un d'eux avait
mis son mouchoir autour d'un bâton afin de
simuler un drapeau, ce qui rendit Mina plus
furieuse que jamais. Elle accompagnait ses
éclats de voix et ses menaces de sauts et de
mouvements insolites. Sa lutte avec Flavia
devenait tellement violente, que Madeleine
engagea l'officier à hâter ses décisions.

Il allait achever la rédaction du *satisfecit*,
lorsque, à l'étage supérieur, un bruit de
verre brisé se fait entendre, la fenêtre s'ou-

vre... et Mina, qui a pris son élan, se jette dans le vide...

Un cri d'épouvante retentit de toutes parts. Madeleine, qui a compris au passage d'une ombre devant la vitre ce qui a eu lieu, s'élance au dehors. Elle arrive près du corps de la folle en même temps que Mme Burden et la foule des noirs :

— Arrière! s'écrie Madeleine; arrière..., voilà à quoi aboutit l'état d'exaltation dans lequel vous l'avez mise, qu'aucun de vous ne la touche; respect à votre victime!... respect à la morte!

En effet, Mina ne donnait plus signe de vie. L'officier, aidé de Mme Burden et de Madeleine, la releva et la déposa dans une des salles du bas; là, on essaya encore de rendre à la vie la malheureuse Mina, mais tout fut inutile, la mort avait été instantanée.

Flavia n'avait pas reparu. Georgiana, envoyée par Madeleine pour savoir ce qu'elle devenait, revint en courant :

— Cousine, Flavia ne me répond pas, elle a les yeux fermés.

Madeleine se hâta de monter. La négresse, après une lutte désespérée avec Mina, avait fini par recevoir un coup terrible dans la poitrine et elle était tombée à la renverse inanimée. La folle, libre alors de ses mouvements, avait ouvert la fenêtre et s'était précipitée. Les soins de Madeleine ne tardèrent pas à rendre le sentiment à Flavia, mais la jeune fille fut obligée de descendre afin de hâter le départ des soldats.

Elle trouva sa tante dans une vive irritation qu'elle ne dissimulait pas à l'officier. Les soldats, dans la salle à manger, n'avaient pas voulu toucher au vin apporté par Flavia, tandis qu'au dehors, les bouteilles offertes avaient été brisées à terre. Tous ces gens attendaient-ils pour se rafraîchir l'autorisation, qui ne devait plus tarder, de descendre eux-mêmes dans les caves? ou bien se défiaient-ils du vin qu'on voulait leur donner? Mme Burden crut à ce second sentiment et s'indigna :

— Nous ne pouvions nous attendre à cette dernière humiliation... Je comprends,

le poison est un associé du pillage et de
l'incendie, et à nos ennemis un moyen
semblable ne répugnerait pas... mais chez
nous la trahison n'a pas encore envahi les
cœurs, dit Madeleine ; et se servant le vin
et en donnant à Georgiana : Buvons, don-
nons-leur la honte d'avoir eu peur de nous
autres femmes..., buvons à l'extermination
des méchants !

La fille des la Jarnage se redressait et
était superbe de colère et d'énergie. L'officier s'avança vers la table et prenant un
verre, il fit signe à ses hommes d'approcher
à leur tour et de boire.

— Non, monsieur, il est trop tard, ce
que la générosité libérale offrait, la générosité froissée le refuse, ils ne porteront pas
ces coupes à leurs lèvres, je m'y oppose, à
moins qu'en face de faibles femmes, vous
n'ayez le courage d'user du droit du plus
fort.

Le sous-officier irrité, mais embarrassé
allait répondre lorsque, des clameurs vio-
lentes s'élèvent des jardins. Madeleine, sa

tante et Georgiana qui ne quitte pas la main de son aïeule, s'élancent sur le perron, pour voir quelle en est la cause, tandis que les soldats et leur chef descendent les marches et se dirigent vers le lieu du tumulte. Ils y étaient à peine arrivés qu'ils aperçoivent, luttant énergiquement contre la multitude, un homme d'un certain âge, à la tournure distinguée, aux cheveux grisonnants : c'est M. de Pilter, que Madeleine reconnaît et vers lequel elle se précipite. L'indignation du vieillard se manifeste dans tous ses gestes, à la vue de l'envahissement de Summer-Cottage, et sa surprise devient des plus vives en voyant sur un commandement de Madeleine la foule domptée par sa nièce, ouvrir ses rangs pour leur livrer passage.

Madeleine s'adressant au sous-officier :

— Parlez-lui, monsieur, voyez s'il vous répond.

Celui-ci voudrait prouver à Madeleine qu'il ne doute en rien de ses paroles, mais il ne peut, devant ses hommes, avoir l'air de ne pas remplir sa mission; il s'approche

du nouveau venu et lui adresse la parole.
M. de Pilter ne lui répondant pas, le sous-
officier constate sur ses notes la véracité de
ce qui lui a été dit relativement à cet
homme. M. de Pilter sort alors de sa
poche un écrit qu'il présente au sergent.

Le lieutenant-colonel du régiment auquel
ce sergent appartenait, venait d'être tué
dans une escarmouche, et remplacé par un
nouveau.

Lorsque l'oncle quittait Sandhill, il avait
appris que le régiment nordiste gagnait le
bourg voisin de Summer-Cottage, et il
s'était à la hâte dirigé vers ce lieu, où il
avait exposé au nouveau colonel la situation
de ses habitants. Ce chef, après avoir lu
attentivement les détails inscrits sur les ta-
blettes de M. de Pilter, demanda si Mlle de
la Jarnage n'était pas la sœur d'un jeune
homme de ce nom, qui guerroyait dans
l'armée du Sud. Ne pouvant dire le contraire
de la vérité, M. de Pilter le lui avoua, il ne
se doutait pas que cette affirmation devait
les sauver. Le colonel était ce John Burn, fils

d'un ancien intendant de la famille de la
Jarnage, qui, une première fois, au début de
la guerre, avait sauvé Georges des mains de
l'ennemi. Il délivra immédiatement un ordre
qui dispensait de toute visite la plantation
de Summer-Cottage, dont l'unique propriétaire, disait-il, était Mlle de la Jarnage, présente sur ses plantations, et par conséquent
en règle avec les décrets militaires.

Pendant que le sous-officier prenait connaissance de cet ordre, sa contenance devenait embarrassée. La lecture terminée,
il s'inclina et, presque confus, se retournant
vers ses hommes, il s'écria :

— Faites évacuer immédiatement les
cours et les jardins.

Une bousculade effroyable suivit ce commandement. Pendant que les soldats accom-
plissaient leur mission et repoussaient la
foule mécontente et indignée de n'avoir à
emporter que des sacs vides, l'officier se
tourna vers Mlle de la Jarnage :

— Pardonnez, mademoiselle, lui dit-il,
le séjour qu'il nous a fallu faire en ce lieu.

— Allez, lui répondit la jeune fille, et puisse Dieu vous inspirer la générosité, puisqu'il vous a mis dans les mains la victoire.

Et elle se retira, épuisée par les efforts de cette lutte héroïque pour la défense de son foyer. Plus d'une fois elle avait cru sentir son courage l'abandonner. La pensée des chers absents qui avaient passé dans cette demeure soutint son dévouement. Après les derniers mots adressés au sous-officier, elle dit à mi-voix à Mme Burden :

— Oh! il est temps que cela finisse, je n'en puis plus! j'ai eu si peur!...

A peine avait-elle rejoint son oncle, qu'elle vit encore le sous-officier repasser sous les fenêtres ; celui-ci l'aperçut et s'arrêta un moment. Encore sous l'impression inattendue que lui avait causée la fermeté de la jeune fille... il se découvrit, s'inclina respectueusement... et s'éloigna.

Summer-Cottage avait échappé au pillage et à la ruine, alors que plus de cent cinquante habitations des environs avaient

été incendiées. Je ne chercherai pas à rendre
l'émotion de M. de Pilter, lorsqu'il connut
tous les détails des journées précédentes. La
mort de Mina y ajoutait son dernier coup
lugubre. Flavia était au désespoir de n'avoir
pu prévenir ce malheur ; elle s'accusait presque d'en être cause. Il fallut les encouragements et les consolations de Madeleine
pour calmer ses remords et la distraire de
la scène horrible dont elle avait été le principal témoin. Quand soldats et nègres furent
éloignés, quand Summer-Cottage fut rentré
dans le silence et dans une paix relative,
tous ses habitants coururent à la petite
chapelle du parc, qu'un instant les pillards
avaient entourée.

La tombe des Pilter et des la Jarnage avait
vu passer sur elle la tempête, sans que son
religieux repos fût troublé. Le marbre qui
recouvrait des restes si chers n'avait point
été profané.

Madeleine y posa sa lèvre brûlante, puis,
élevant ses yeux vers la *Mater dolorosa* qui
couronnait le petit autel du sanctuaire, elle

crut la voir sourire à travers ses larmes, mais de ce même sourire qui avait effleuré le visage de sa mère mourante.

Elle dit alors à la Vierge sa reconnaissance pour la douce protection que venait de lui accorder le Ciel, et aussi son espérance de voir revenir le cher soldat au foyer que son courage de jeune fille avait sauvé.

XVI

Mme Burden et Madeleine, ayant pris toutes
les dispositions nécessitées par la mort de la
folle, songèrent enfin à apprendre de M. de
Pilter en quel état il avait laissé la propriété
de Sandhill et les plantations environnantes.
Toutes deux, assises à ses côtés, suivaient
d'un œil attentif les caractères que le sourd-
muet alignait sur sa tablette, et qui leur
retraçaient les événements pleins d'épouvante dont il avait été témoin. A Sandhill,
heureusement, où il avait été si facile
d'expliquer l'absence d'hommes sur les propriétés, le dévoué négociateur avait obtenu
sans trop de peine le *satisfecit* nécessaire à la
garantie des biens de Georgiana, mais le
seul passage des nègres lui avait donné

des tracas et des soucis de toutes sortes. Ils
n'avaient cependant tous, écrivait-il, qu'à se
réjouir, à remercier la Providence, car
partout il avait pu se convaincre, par ses
propres yeux, de la barbarie des ennemis,
et constater des actes inhumains et vraiment
incroyables. Ainsi, non loin de la somptueuse résidence des Gorning, il avait
aperçu des ossements humains sur la route.
Pris d'un subit pressentiment, il avait pénétré sur les plantations, et s'était dirigé
vers le superbe mausolée, où reposaient tous
les membres de cette noble famille. En
y entrant, quelle n'avait pas été sa douleur
de trouver quinze cercueils ouverts et jetés
au milieu de la chapelle. Des mains crimi-
nelles avaient profané, mutilé les morts,
et enlevé aux femmes les bijoux qui ornaient
leurs doigts et leurs oreilles.

M. de Pilter expliqua notamment de
quelle façon il avait découvert, parmi les
débris amoncelés dans la chapelle, les restes
de l'ancien ambassadeur, le père de M. Gorning, décédé depuis huit ans, et dont les

traits étaient encore reconnaissables. La vue
de cet ami de son père, pour lequel, toute
sa jeunesse, il avait eu une profonde vénération, le spectacle de ce corps gisant à ·
terre, profané par l'ennemi, l'impressionnait
encore au plus haut degré. Mme Burden et
Madeleine tremblaient à son récit.

A plusieurs reprises, des chefs d'escouade
vinrent frapper à Summer-Cottage, pour
procéder aux enquêtes et perquisitions dé-
crétées, mais le billet du colonel Burn
protégeait toujours l'habitation et les terres
qui en dépendaient. Et pourtant, chaque
jour, les flammes qui s'élevaient de tous
côtés, à la suite de la descente des soldats
et des nègres sur les plantations, se reflé-
taient dans le ciel et annonçaient de récentes
dévastations. Flavia, toujours en quête de
nouvelles qui pussent intéresser ses maîtres,
apprit que, seule avec Summer-Cottage, une
habitation amie du voisinage avait pu
échapper à la destruction. C'était celle de
l'ancien colonel Bell, un brave, amputé des
deux jambes, qui, après une vie des plus

actives, se voyait avec rage condamné à une complète inaction.

Quand les bandes commencèrent à circuler, le vieux colonel se faisait porter journellement à l'entrée de son cottage, et répondait lui-même aux questions des *inquisiteurs* avec le langage du soldat et le ton de l'homme blessé dans son patriotisme. Chaque jour, il s'attendait au pillage et à l'incendie, aussi ordonna-t-il, un matin, qu'on sortît de ses caves quatre mille bouteilles des vins précieux de Madère et de France et il les fit briser, afin que l'ennemi ne pût les boire... mais l'ennemi ne vint pas.

Le manque absolu de nouvelles où l'on était de Georges, depuis quelque temps, ajoutait une immense angoisse aux épreuves de tous genres de la famille de la Jarnage.

Passé dans la Caroline du Nord avec le général Lee, n'apprenant que de vagues et sinistres nouvelles, Georges, de son côté, avait de poignantes inquiétudes au sujet de Summer-Cottage. Il ne savait pas que Char-

eston avait été occupée, que le fort Sumter
ivait résisté aux attaques de l'ennemi, mais
vait dû être évacué par les Sudistes, à la
nouvelle que les régiments venant par l'intérieur de l'État n'étaient plus qu'à une
journée de distance. Ni la ville ni le fort
n'étant protégés de ce côté, on n'aurait pu
tenir au delà de quelques heures contre
les cinquante mille hommes qui arrivaient. Ces renseignements lui parvinrent
par vaillant colonel Rhett lui-même, qui
commandait la garnison du fort. Lui et
ses soldats, après être sortis en bon ordre,
avaient pris immédiatement la direction
de la Caroline du Nord, afin d'y ren-
forcer le petit corps d'armée du général
Lee.

On conçoit aisément combien ces tristes
détails sur les événements généraux aug-
mentaient les inquiétudes personnelles de
Georges pour sa famille.

Le faible renfort arrivé de Charleston
rendit un peu de courage aux débris de
l'armée du Sud, au milieu desquels, le front

haut et le regard assuré, le général Lee organisait jusqu'au bout la résistance. Le général Grant avait fait parvenir au général sudiste un message où il l'engageait à se rendre, afin d'éviter l'effusion du sang. Lee désirait la prévenir aussi; il déclarait toutefois refuser de se rendre sans connaître, au préalable, les conditions que l'ennemi ferait à son armée.

Plusieurs lettres furent échangées entre eux, mais Lee répondait toujours à Grant : « Je ne crois pas que le moment soit venu de nous rendre. »

Enfin, lorsque le *Noble Vaincu* ne se vit plus entouré que de huit mille hommes valides, et de près de dix-huit mille malheureux que les privations et les fatigues de tous genres avaient rendus trop faibles pour tenir le fusil; lorsque le commandant du fort Sumter lui eut affirmé que derrière lui, jusqu'aux positions qu'il venait d'abandonner avec ses soldats, le chemin était couvert par des corps ennemis, tandis que Grant s'avançait toujours et groupait ses hommes, res-

serrant de plus en plus le cercle où il luttait
en vain; alors Lee comprit que c'en était
fini du Sud, et que le glas de ses derniers
défenseurs avait sonné! Le cœur serré, l'œil
humide, la voix tremblante, il ordonna de
hisser le drapeau blanc, et se rendit à la
tente du général Grant.

Qui redira la poignante douleur avec laquelle il signa la capitulation, et avec quelle
angoisse dans le regard, il alla rejoindre
ensuite son état-major resté à quelques
mètres de distance. Le voyant venir à eux,
les officiers, oubliant leur tristesse, pour
ne songer qu'à celle de leur chef, se précipitèrent, l'entourèrent, et plusieurs d'entre
eux, à genoux devant lui, prirent et em-
brassèrent ses mains qui avaient tenu si
vaillamment l'épée, mais qui tremblaient de
l'acte de soumission qu'elles venaient de
consommer. Georges était resté debout,
pâle, le regard fixé sur son noble chef, et
pleurait à chaudes larmes. Le général l'apercevant lui dit :

— Mon ami, il faut du courage.

21

— Oui, mon général, répondit Georges, mais le courage nous venait par vous, aujourd'hui, c'est en pensant à vous qu'il nous échappe.

Ainsi tristement escorté, le général reparut au milieu de ses soldats. A sa vue, à l'expression de douleur empreinte sur son front, les rangs se rompirent et tous se rangèrent autour de lui. Les plus vieux, les plus braves pleuraient. Le général prononça alors d'une voix émue ces mots qui s'échappaient de son cœur :

— Soldats! Nous avons combattu ensemble jusqu'au bout...

Merci de votre dévouement... merci de m'avoir suivi... obéi... le pays vous en bénira un jour... mon cœur est trop brisé pour vous en dire davantage.

Et de grosses larmes roulèrent sur les joues bronzées du vaillant général.

Tels furent les adieux qu'il fit à ses soldats. .   .   .   .

.   .   .   .

.   .   .   .

Après avoir raconté les vexations et les douleurs semées dans le Sud par les soldats du Nord, il nous reste un devoir à remplir, c'est de constater ici combien les vainqueurs furent pleins d'égards, à ce moment suprême, pour les vaincus et combien à leur joie légitime se mêla le respect dû à la grande infortune d'une armée qui, pendant quatre ans, avait combattu et résisté avec un nombre d'hommes et de munitions si inférieur au leur.

Peu après le jour de son entrevue avec le général Grant, le général Lee revit une dernière fois ses soldats; il s'efforça d'adoucir, pour eux, une amertume dont il n'était que trop accablé lui-même. Il les exhorta à se séparer et à rentrer dans leurs foyers par petits détachements. Leur retour y rendrait moins cruelle la triste nouvelle de la capitulation. Aux malades, aux blessés il accorda les bienveillantes marques de sa sollicitude; ses dernières recommandations furent celles d'un père.

Georges accompagna son général jusqu'à

Richmond. Il fut témoin du chaleureux accueil qui lui fut fait dans cette capitale, occupée par les soldats fédéraux. Ceux-ci, se joignant aux Sudistes, rendirent hommage au *Noble Vaincu;* et, sous les fenêtres de la demeure de mistress Lee et de ses filles, pendant bien des jours, des *hourras* retentirent, poussés par un peuple enthousiaste.

Georges, que le général aimait comme un fils, et qui avait donné à son chef, tout le temps de la guerre, des preuves signalées de son attachement et de son dévouement, reçut de lui l'ordre de ne pas laisser plus longtemps sa famille dans l'attente et dans l'inquiétude.

Au moment où le vaillant colonel la Jarnage mettait un genou en terre devant son général avec la marque la plus humble de sa soumission et de son respect, le général le releva.

— Mon cher de la Jarnage, Dieu vous bénira, vous le méritez à bien des titres. Soyez heureux... Vous êtes jeune, vous...

vous pourrez revoir notre patrie florissante se relever de ses ruines, vous pourrez contribuer à lui rendre son indépendance et sa grandeur; oh! alors si la pensée de votre vieux général excite votre courage, ses bénédictions, ses vœux vous viendront du fond de la tombe!... Allez, mon cher enfant, et puisse, dans l'avenir, une femme belle et bonne faire le bonheur de votre vie et vous consoler de nos amères tristesses... Je voudrais vivre assez pour la féliciter et lui dire tout ce que je pense de vous...

Georges ému baisait la main de Lee, tandis que, l'attirant à lui, le général donnait au jeune homme une affectueuse et paternelle accolade.

Trois jours après la capitulation, Georges traversa donc son pays au milieu des ruines, des débris fumants, tristes souvenirs laissés par l'ennemi, et du trouble occasionné par les nègres, qui tous changeaient de résidence, pour aller goûter les douceurs de l'émancipation. Si son cœur fut brisé en se

séparant de son général et en songeant aux
malheurs de la patrie, il emportait du moins
l'assurance que l'honneur du soldat restait
intact. Il avait au fond de son âme une
soumission trop chrétienne aux décrets de
Dieu pour perdre tout courage. Il devait,
du reste, dès sa rentrée au foyer, éprouver
des adoucissements et des consolations aux
douleurs amères qui le torturaient. Une
lettre de Cécile à Madeleine venait de parvenir, et c'est avec cette lettre que l'on salua
l'arrivée du jeune colonel. Chacun savait le
baume qu'elle verserait sur ses blessures.
Elle se terminait ainsi :

« Dès la paix signée, revenez bien vite
vous reposer tous à Montmorency auprès
d'amis qui vous aiment et qui vous admi-
rent. »

Cette phrase exprimait à demi-mots des
sentiments qu'on se trouvait bien heureux
de deviner.

M. de Pilter, appelant Georges, lui traça
ces mots :

— Ta campagne est finie, cher enfant; la

mienne va commencer. Tout me dit qu'elle ne sera pas longue et que la victoire, cette fois, va nous sourire. Je vais écrire à M. de Trévanon pour lui demander la main de Cécile... j'ai lu dans ton cœur !

— Vous avez compris, mon bon oncle, mes sentiments pour la douce Cécile, répondit Georges, prenez donc en mains mes intérêts, assurez mes vœux les plus chers!.. Je sais à quel point Dieu me bénira d'abandonner mon bonheur à votre sagesse.

ÉPILOGUE

EN FRANCE

21.

ÉPILOGUE

EN FRANCE

Le château de Brévannes qui, pendant bien des années, avait semblé morne et désert, s'est de nouveau rempli de mouvement et d'activité. Dans ses vastes salles, dans ses couloirs, sur le perron, partout, maîtres et serviteurs s'agitent et semblent attendre une nouvelle qui tient en suspens tous les cœurs.

Une jeune mère, entourée de deux charmants enfants, assise sur la pelouse, tout en formant un bouquet avec des fleurs que

lui tendent ces chérubins blancs et roses,
tourne des regards anxieux vers une fenêtre
du premier étage et paraît attendre de là,
elle aussi, la fin de ses inquiétudes. Près
d'elle, une vieille négresse cueille d'une
main distraite les fleurs qu'elle donne aux
enfants, et lève parfois son œil mélancolique vers sa maîtresse. L'émotion de toute
cette famille contraste singulièrement avec
le beau soleil qui dore les arbres du parc,
et donne un reflet d'argent au ruisseau qui
en baigne les bords. Tout dans la nature
est gai et riant, tout parle d'espoir et de
bonheur; quelles sérieuses appréhensions
empêchent donc cet espoir et ce bonheur de
s'épanouir sur les fronts depuis quelques
jours? La mort et la vie planent sur cette
demeure.

Enfin, tout à coup, un vieillard, le sourire aux lèvres, apparaît sur le perron et
Madeleine que nous avons reconnue ainsi
que Flavia courent à sa rencontre. Dans
l'effusion de sa joie, le bon docteur Breuil
embrasse Mlle de la Jarnage et lui dit :

— C'est un fils... vivat! les voilà bien heureux !...

Madeleine pleure de joie, puis se hâte d'aller frapper discrètement à la porte de la jeune mère. Georges lui a ouvert et dans son étreinte fraternelle, elle a senti à la fois les craintes douloureuses par lesquelles il vient de passer, et l'immense joie qui maintenant remplit son cœur. Le front pâle de Cécile s'illumine à l'aspect de sa sœur, et de son premier sourire maternel elle lui désigne le cher enfant couché à ses côtés.

Notre France avait revu les enfants de la Jarnage, ils étaient venus se reposer des tristesses de leur pays natal au pays de leur mère, au foyer de leur adolescence, sur cette terre, si aimée malgré ses fautes, si hospitalière à tous et toujours !

Le chalet de Montmorency et le château de Brevannes abritaient tour à tour leur bonheur que l'union fraternelle embellissait encore.

Georges avait retrouvé Cécile de Tré- vanon, dont le souvenir avait tant de fois soutenu le courage du soldat et dont la tendresse aujourd'hui mettait au cœur de l'époux la joie sereine.

M. de Trévanon, prévenu par Georges de l'époque problable de leur arrivée en France, avait répondu au jeune homme que lui et ses neveux seraient au Havre pour les recevoir. C'était, à l'âge de M. de Trévanon et avec une santé à ménager depuis son attaque, une démarche qui remplit de reconnaissance ceux qui en furent l'objet. Mais comment n'aurait-il pas eu hâte de rendre hommage à ceux que l'on considérait comme des héros! à ceux pour lesquels on avait tremblé... et prié!... Jamais le cœur de la jeune Cécile n'avait battu autant que le jour où entrait dans le port du Havre le bâtiment qui ramenait *nos Américains;* jamais sa main n'avait tremblé d'une émotion plus douce que lorsque, la lui prenant et la mettant dans celle de Georges, son oncle lui avait dit :

— Voici ton fiancé.

Belle, distinguée, intelligente et bonne,

Cécile était la femme accomplie que rêve notre amoureux enthousiasme, et Georges allait posséder ce trésor. L'éducation avait développé chez l'enfant qu'il avait connue si charmante tous les nobles sentiments que sa jeune âme contenait en germe. Au récit des actes de courage et de dévouement de Madeleine, en songeant à Georges si brave, si désintéressé, elle s'était appliquée à demeurer à leur niveau dans sa sphère plus calme, mais souvent héroïque des vertus domestiques.

Quelques mois après leur retour, Georges et Madeleine, qui jusque-là avaient mêlé leur existence et partagé leurs mutuelles émotions, le même jour, à genoux, au pied des autels, se mariaient tous les deux. Georges épousait Mlle de Trévanon ; et Madeleine, un ami de son frère, M. Hudson, compagnon d'armes de Georges, pendant les longues luttes de la guerre de Sécession. Blessé dans une des dernières rencontres, M. Hudson avait été relevé sur le champ de bataille et transporté dans une

ambulance, non loin de Charleston. Quelques jours après sa rentrée dans ses terres,
Georges apprit l'abandon où se trouvait
son ami, dont la famille habitait la Virginie. Il se rendit auprès du blessé et le
décida à venir à Summer-Cottage. Avec
sa sœur, il l'entoura de ses soins les plus
actifs. Le noble dévouement de Madeleine
et les détails que le jeune officier apprit
sur sa conduite pendant la guerre l'ému-
rent profondément et le remplirent de res-
pectueuse estime. A ce sentiment se joignit
bientôt un sentiment plus doux, et M. Hudson
sollicita et obtint la main de Mlle de la
Jarnage. Ainsi furent resserrés les liens qui
l'unissaient au jeune colonel.

Les anciens habitués du chalet de Montmorency, les intimes que Georges comptait à l'École de droit et au barreau de
Paris, vinrent fêter ces heureuses unions.
La science tint à honorer la bravoure.
L'admiration était sincère et bien justifiée
par les faits.

C'est au chalet de Montmorency et au

château de Brevannes (que Mme de la Jarnage avait appelé la villa du Rivage, et qui devint, en effet, la rive aimée où aborda Georges), c'est, dis-je, dans ces deux oasis de fraîcheur et de verdure que nous venons de retrouver les jeunes ménages abritant, après tant de longues épreuves, les premiers jours de bonheur que nous apporte l'aube conjugale.

Madeleine avait eu successivement deux enfants : deux petites filles charmantes ; mais tout, heureuse qu'elle fût de ces dons du Ciel, elle n'avait voulu jusqu'à ce jour prodiguer à ses fillettes ses caresses et ses baisers, que quand son frère et sa belle-sœur n'étaient pas là. Elle sentait combien la vue de ses joies maternelles devait assombrir ce ménage auquel Dieu, jusque-là, avait refusé les mêmes émotions.

Tout allait changer ! et ce léger nuage dans leur bonheur allait se dissiper. Mme Georges de la Jarnage était mère d'un fils ! Aussi, quelques heures plus tard, Madeleine, retournant voir la jeune femme et le nouveau-né, se fit suivre de ses fillettes et, les prenant entre ses bras, les pressant sur son cœur :

— Que je les aimerai mieux encore maintenant, disait-elle.

Près de ce berceau, que de bons projets, que de beaux rêves on pouvait faire dès lors. L'enfant du frère et ceux de la sœur allaient s'élever ensemble, et les noms de Georges et de Madeleine qu'on retrouvait dans cette nouvelle génération rappelleraient bien des souvenirs de jeunesse.

On attendait Mme Burden et Géorgiana. L'aïeule et la jeune fille, nouvellement arrivées d'Amérique, se rendaient aux instances des enfants de la Jarnage qui les appelaient auprès d'eux. Elles étaient logées au chalet; et la bonne nouvelle qu'on venait d'y envoyer allait hâter leur arrivée.

M. de Pilter, Mme Burden et M. de Trévanon étaient tous les trois bien vieillis. Ils portaient la trace des tristesses que les années, les vides et les émotions avaient faites dans le cercle de leur famille. Cependant leurs yeux et leurs sourires restaient aussi vifs et aussi tendres pour les objets de leur affection.

Le docteur Breuil, usé par ses laborieux travaux, disait sans cesse qu'il allait se retirer. Mais son cœur généreux oubliait ses fatigues, dès qu'on l'appelait auprès d'un malade. C'est lui qui a soigné M. Râle, arrivé de prison, et chez lequel aucun autre praticien du pays n'aurait voulu pénétrer, tant le souvenir de l'odieuse affaire du procès y avait laissé une mauvaise impression. N'écoutant que son zèle et sa charité, et poussé aussi par les enfants de la Jarnage, le bon M. Breuil était accouru au chevet du moribond. M. Râle a succombé, dévoré par une lèpre hideuse, juste punition du Ciel, disait-on tout bas. Pendant sa maladie, il avait témoigné au docteur tous ses regrets de la conduite qu'il avait tenue. Les soins répugnants et assidus nécessités par son état et dont il ne fut pas possible de distraire le docteur, avaient épuisé les forces de ce dernier. Mais M. Râle mort, les jeunes de la Jarnage se liguèrent pour arrêter la dé-

vorante activité de leur ami. Ils le con-
damnèrent à se laisser soigner à son tour et
à se retirer chez eux, auprès de leurs vieux
parents.

Georgiana, depuis quelques mois, est fiancée à Roger de Trévanon, et le mariage se
fera le lendemain du baptême du petit
Georges, que ces deux jeunes gens doivent
tenir sur les fonts baptismaux. L'entrée
dans la vie chrétienne de cet enfant doit
précéder leur mariage, disent-ils, afin qu'elle
jette sur eux ses reflets d'or, et leur attire
les faveurs du Ciel. Les fiancés en disant la
veille : « Je crois. », diront avec le même
élan de ferveur le lendemain : « Je promets »,
car leur fidélité est sincère, comme leur foi
est ardente.

Et maintenant, cher lecteur, terminons ce
récit sous la bonne impression de ces dernières lignes. Hélas ! le livre de notre existence a si peu de pages heureuses, que je
craindrais en poursuivant cette histoire d'arriver vite aux tristesses.

Laissons les vieillards s'entourer de leurs

enfants et petits-enfants et récolter, au déclin de la vie, la tendresse que leur dévouement incessant a semée dans les cœurs. Laissons les trois ménages qui se sont formés sous leurs bénédictions se multiplier et continuer à donner l'exemple du devoir, de l'amour de Dieu et du prochain.

Souhaitons aux filles de Madeleine le caractère de leur pieuse mère; que le nom de Georges porte bonheur au fils de M. de la Jarnage, et en fasse un brave à son tour; que les vertus qui ont toujours été l'apanage de cette famille se conservent à son foyer.

Accordons un souvenir à la pauvre Flavia. Son dévouement à ses maîtres, inspiré par l'affection qu'elle leur portait, est si rare aujourd'hui parmi les serviteurs, qu'elle a droit à une pensée bienveillante de notre part. Elle s'endormira bientôt sous le toit où elle est aimée, et d'où la chère Mme de la Jarnage s'est envolée pour le ciel.

Souhaitons à notre France bien des intérieurs comme celui-ci, où le dévouement et l'attachement au pays ont su triompher de tous les obstacles, et ont fait des héros de ceux-là même que la position ou les infirmités semblaient devoir mettre à l'abri des luttes de tous genres.

Puisse le patriotisme des cinq millions de blancs du Sud des Etats-Unis d'Amérique, qui soutint une lutte de plus de quatre ans contre vingt-cinq millions d'ennemis, faire écho dans nos cœurs. Que de fois les Sudistes n'ont-ils pas songé à la France, en combattant. Quand leur courage chancelait, que de fois n'ont-ils pas cherché à l'exciter avec nos chants et nos cris de guerre! Ils stimulaient leur ardeur par le souvenir ou les récits historiques de nos grandes luttes! Reportant les pensées à une époque antérieure, les noms des Lafayette, des Rochambeau et de tant d'autres officiers français, inséparables de la guerre d'Indépendance, étaient répétés dans tous les rangs. On parlait du soldat français, versant son sang généreux pour la cause américaine, et, quoique plus d'un demi-siècle se fût écoulé depuis ces événements, si différents dans leur principe de ceux de la guerre de Sécession, ces souvenirs ravivaient l'ardeur nationale.

Oui, peuple héroïque des confédérés du Sud, ton cœur a battu à l'unisson de celui de la France. Comme nous, dans nos jours de gloire, tu as senti l'aiguillon de l'enthousiasme sous l'entraînement chevaleresque du sentiment d'honneur ; tu as subi dans toute leur ampleur les irrésistibles impulsions de ta foi, du droit et de la justice, de tout ce qui est noble et grand ! Mieux que nous, hélas ! ta conscience éclairée a su fermer l'entrée de ton coin du monde aux doctrines perverses et aviliés, d'après lesquelles la force primerait le droit.

Pays des confédérés du Sud, tu as été grand ; et si les détails intimes de tes mœurs, dont j'ai tenté de reproduire dans ces lignes une pâle esquisse font battre un jour ou l'autre le cœur de quelque Français, crois-le, l'échange de beaux exemples portera ses fruits. Ce que la France a pu faire pour toi, pour ton âme pleine de foi politique et religieuse, tu le lui rendras avec usure, car tes sentiments, mieux connus, ne peuvent qu'enflammer et entraîner les nôtres.

FIN

ERRATA

Page 4, 2e ligne, au lieu de : *marquaient une longue abstinence de bonheur*, lisez : *marquaient en une longue abstinence de bonheur.*

Page 40, 7e ligne, au lieu de : *était*, lisez : *étaient.*

Page 104, 14e ligne, au lieu de : *avec lesquels elle l'appelait*, lisez : *par lesquels elle se plaisait à l'appeler.*

Page 136, 1re ligne, au lieu de : *reprit Georges*, lisez : *dit Georges.*

Page 203, 24e ligne, au lieu de : *effondée*, lisez : *effondrée.*

Page 208, 9e ligne, au lieu de : *était plus intense*, lisez : *était le plus intense.*

Page 240, 15e ligne, au lieu de : *Schermann*, lisez : *Sherman.*

Page 241, 12e ligne, au lieu de : *Schermann*, lisez : *Sherman.*

Page 275, 7e ligne, au lieu de : *l'œil robuste*, lisez : *l'air robuste.*

PARIS. — E. DE SOYE ET FILS, IMPRIMEURS, 5, PLACE DU PANTHÉON

MÊME LIBRAIRIE

PARIS. — E. DE SOYE ET FILS, IMPRIMEURS, 5, PLACE DU PANTHÉON.

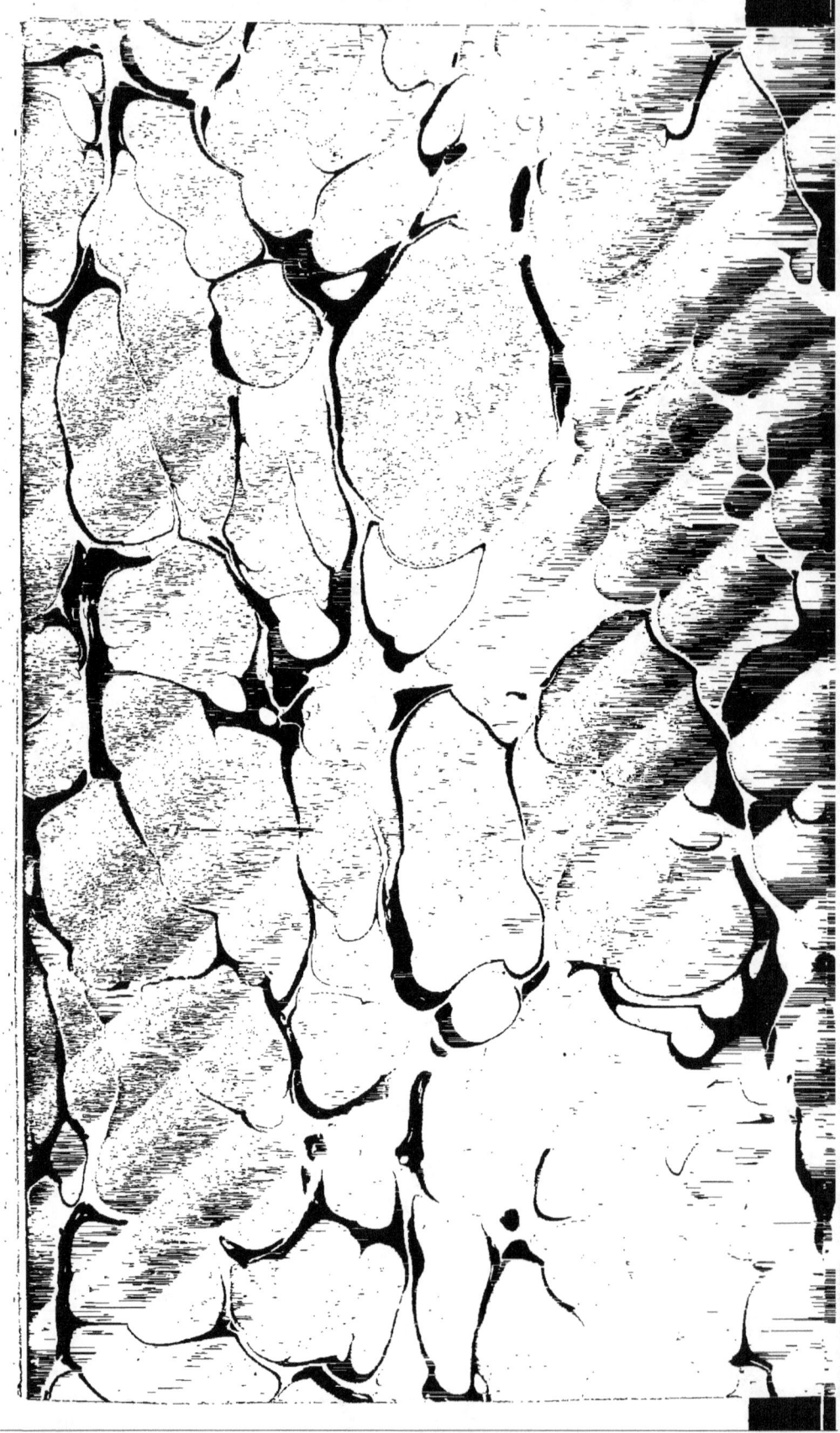

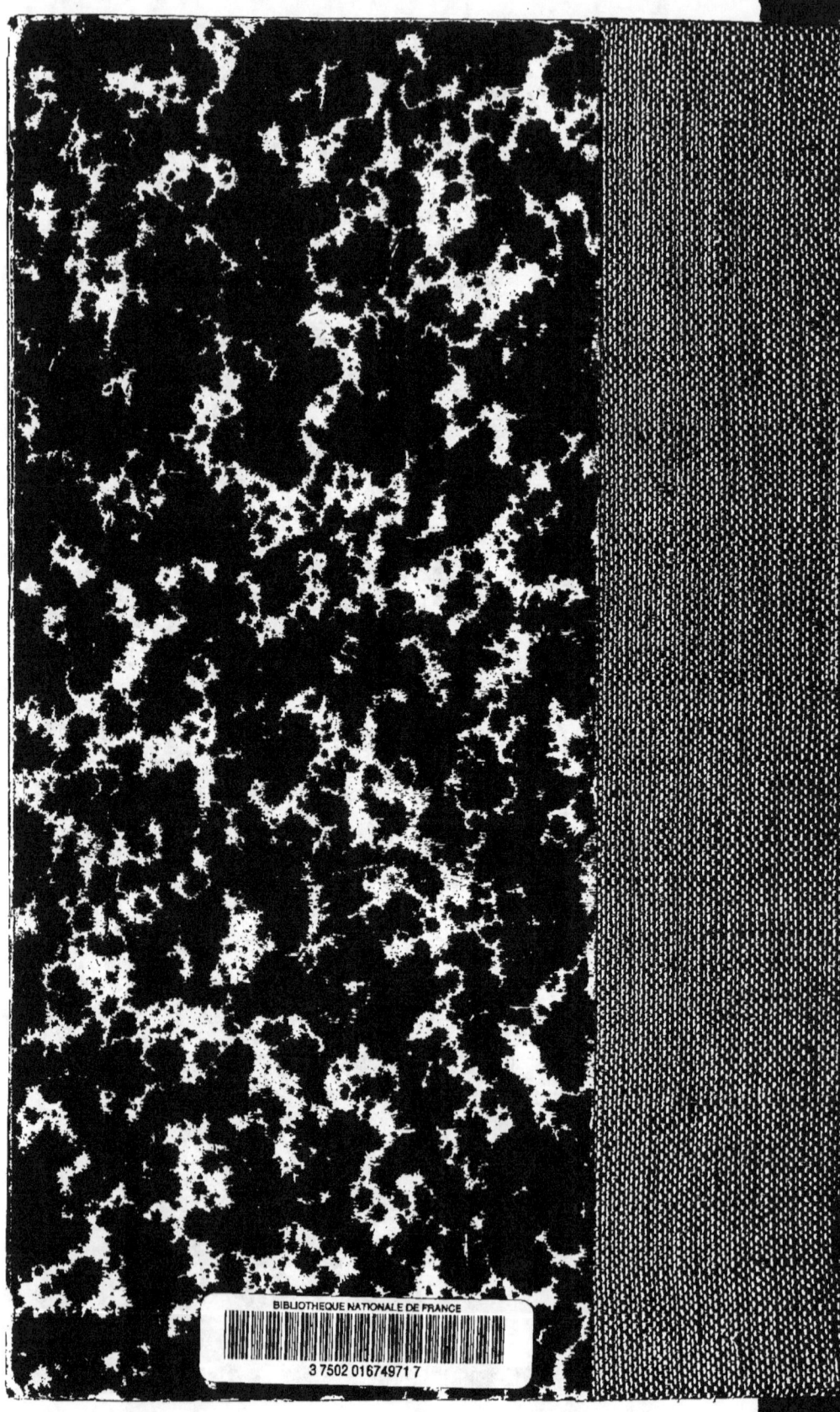